· 文 脉 中 国 散 文 库 ·

记住我的姓氏

任冬生 / 著

中国文联出版社

图书在版编目（CIP）数据

记住我的姓氏 / 任冬生著 . -- 北京：中国文联出
版社，2016.4（2023.3 重印）
ISBN 978 - 7 - 5190 - 1415 - 5

Ⅰ.①记… Ⅱ.①任… Ⅲ.①散文集—中国—当代
Ⅳ.①I267

中国版本图书馆 CIP 数据核字（2016）第 090057 号

著　　者　任冬生
责任编辑　蒋爱民
责任校对　茹爱秀
装帧设计　中联华文

出版发行　中国文联出版社有限公司
地　　址　北京市朝阳区农展馆南里 10 号　　　邮编　100125
电　　话　010 - 85923025（发行部）　　　85923091（总编室）
经　　销　全国新华书店等
印　　刷　三河市华东印刷有限公司

开　　本　710 毫米×1000 毫米　　1/16
印　　张　10.75
字　　数　171 千字
版　　次　2023 年 3 月第 1 版第 2 次印刷
定　　价　58.00 元

"阿坝作家书系" 编委会

为《阿坝作家书系》序

阿　来

　　在四川省文学奖和四川省少数民族文学奖颁奖会上，听州文联领导说，由阿坝的作家、诗人创作的阿坝作家书系即将出版，要我写点文字在前面，其实除了对这套书系的出版感到高兴，并要对这套书系的创作者们表示祝贺之意外，我感觉自己并没有太多的话要说。

　　阿坝是故乡，常来常往，自己关于文学的粗浅见解，与文朋诗友在正式与非正式的场合都有过充分的表达，再说，也没有多少新鲜的东西了。如果要多说什么，难免是重复过去的一些观点与说法了。我最觉得高兴的是，阿坝作家书系将是一个长期的项目，眼下将要出版的第一辑只是一个开始。的确，文化建设是一件持之以恒的工作。而文化建设中文学显然是最基础的工作。所有艺术门类在很大程度上，要取得更大的进步，除了不同艺术门类技术性的表达与创新而外，一切内在的审美的、观念的形态，其实都与文学提供的审美经验有着密切的关联。

　　拿到阿坝作家书系第一辑的名单，我注意到大家都是在阿坝的文学园地中活跃多年的熟人和朋友。同时，这份名单从作者的族别上看，有藏、羌、汉等各个族别。阿坝这块古老的土地，在今天又显得前所未有地富于活力，正是各族人民团结一致，共同建设的结果，而在文化建设上也出现这种并肩前行，以各自的精神成果互相辉映，这样的局面，在国际国内极端的民族主义和极端的宗教思潮频繁影响到社会和谐安定的情形下，更是有着特别的意义。

　　在全球化的时代，文化地表达，特别是文化多样性地表达，是非常重要的工作。这种工作，不止是不同民族文化的多样性表达，更重要的还是更致力于一个民族内部的多样性的表达。仅就阿坝的藏族文化而言，就有安多、嘉绒和白马等不同的族群与文化。而且，我们更要明确的是，文化多样性的表达不是加深不同文化不同民族间的鸿沟，文学表达文化表达最终的目的，是增进文化间互相的尊重、了解与融通，这是文学创作者所必须具有的一种善的动机。而这套书系首先登场的几位朋友，长期以来所做的正是这种有意义的工作。他们的作品所起的正是文学应起的作用。

我们更要充分意识到的是，文化从来不是一个僵硬固化的板块，而是一个动态的过程。只有那些不断发展，不断吸纳广大世界中其他文化中的积极因子的文化才能长存于这个日新月异的世界。所以，我们的文学表达，更有责任关注文化中正在萌芽，正在成长壮大的那些新的积极因素。新的现象，新的思想，新的人，新的事，只有对这些新保持充分的敏感，对新的时代对于文学的使命有深入的体认，我们的文学才会真正出现新的气象。

阿坝大地，具有丰富的文化多样性，这种多样性，其实是由地理多样性决定的，更是由各民族人民共同创造的。文学自然也不在这种历史的规定性之外。文学的责任在于表达这种丰富的存在，文学的使命更在于以审美的方式呈现这些伟大的存在。

当然，这种多样化的文化书写同时也是要完全依从于个人的深刻体验与表达这种体验时个人化的表达。文化意味与个人风格互相辉映，互相生发，那就是真正的文学了。

祝阿坝文学在这样一片热土上有更新更大的进展。

2015 年 12 月

目　录

身体里的神

记住我的姓氏

阳光沸腾的雪

1999 年 9 月一场突如其来的大雪，降临在我的生命之中。

那雪仿佛已经下了整整一个世纪，还将继续下去，直到天荒地老，世界消失。而我，就是这个世界上唯一的活物，一只进入冬眠的软体动物，静静蜷缩在被窝里，一动不动，无欲无求。时间静止，世界静止，就连我的思绪也渐渐摆脱人生的困境，雾化成一缕似有似无的青烟，在光秃的阴冷四壁，墙壁上的斑斑锈迹，天花板垂吊的昏黄白炽灯，桌上泛着冷光的古董电视，叼着一枚烟屁股的残损烟缸……懒懒散散地游离，一同坠入一种明明真实存在，却又茫然虚无的混沌状态——世界就这样慢慢消失。

最终，我没能从这个混沌的世界中消失。在我突然被唤醒的那一瞬，世界回归原处，窗外大雪纷纷，室内空旷冷寂。我明明就是一个人，怀揣一张分配通知书，独自走在去阿坝的路上，在天边的若尔盖，遭遇了一场旷日持久的大雪，此时此刻，正躺在车站旅店的一张小床上，经受一种比冷酷还难以忍受的折磨——毕竟，我不是一只可以冬眠的动物，身体可以完全关闭，肠胃可以空无一物。

我迅速穿戴整齐，走出房间，进入茫茫风雪中，街道空寂，行人寥寥，即便有那么一两对行人撑着油伞，有说有笑，和我擦肩而过，我明明感觉他们的身体和话语的真实存在，一晃眼，虚无的就像自己造了一个梦……这个世界，就只剩下我一个人。

我踩着蓬松的积雪，抖抖擞擞地在这个陌生的风雪小城里走了很久，终于找到一家中意的小饭馆，掀开厚重的棉布门帘走进去，坐在最里面的一张餐桌旁，回头瞄了一眼玻璃窗上醒目的饭食广告，要了一碗牛肉面块。这家馆子虽小，却紧凑地排放了四张餐桌，中间还安置着一个长条形的火炉，炉火正旺，满屋温香。我的身体渐渐舒活过来。

屋里只有两位客人，一位是我，另一位是穿着宽大藏袍的老妇人，像一只棕熊坐在门口那张餐桌旁。老妇人高额骨，深眼窝，皱纹如刀痕，脸像一张风干的黑牛皮。但她那双眼睛，却像淬火的鹰眼，一直在我脸上火辣辣地烧来烧去。

我一时心怯，低头假装欣赏桌布上油腻腻的残破的花，用漫漁的余光警戒她的举动。

老妇人竟然得寸进尺，从过于臃肿的胸怀里掏出一瓶东西，重重地磕在桌面上，还冲着我叽里呱啦地大喊大叫起来。

她冲我喊叫什么，骂我，向我示威？……我哪里得罪她了？……是不是她不满我看她那张脸时显露出来的表情？——我满头雾水，强装出满不在乎的样子，继续故作高深地欣赏桌布上的残花。

老妇人见我不理不睬，心中一定怒火难平，转而冲里间扯面块的女老板叽里呱啦地大喊大叫起来。女老板闻声满脸赔笑地走出来，站在炉子边，手中还捏着一长溜准备扯碎下锅的面片。不是我料想的剑拔弩张，她俩倒很默契，你一句叽里呱啦，我一句叽里咕噜，愉快地交谈起来，间或发出一连串咕咕咕咕的笑声。

我有一种预感，她们一定在说我，女老板一会儿将会向我转告老妇人的意思。她会转告我什么呢？

果不其然，过了一小会儿，那个年轻的女老板走到面前对我说："哎，小伙子，那个老婆婆想请你喝酒暖暖身子，你咋就不领人家的情呐？"

请我喝酒？——我大感意外，抬头看看女老板的白脸，又看看老妇人的黑脸。她俩的笑容，怎么看都像是一个伪善的陷阱。

这是我人生中第一次进入草原，在这个四顾茫茫、举目无亲的荒凉小城，我怎能和一个有着凶神眼光的陌生人喝酒？她们……她们要是联合起来坑害我，我该怎么办？……更何况，我的酒量，哎，浅得没法形容……沾酒就醉，那不是自投罗网……我是不是离奇恐怖的西部片看多了，有些神经过敏……

正在我胡思乱想、犹豫不决的时候，老妇人居然直接坐到我对面，把酒重重磕在桌面上——瓶江津白酒。女老板心领神会，递过来两个纸杯，顺带斟满了酒。老妇人把其中一杯递到我唇边，目光恳切，锐利中隐藏着一种让人无法抗拒的温柔魔力。我把心一横，小心翼翼地抿了一口，火一下子烧到我的脸上和肠胃里，很受用。老妇人咯咯嘎嘎地笑了，女老板嘻嘻哈哈地笑了，我也跟着挤了挤脸上的肉。

我这一开口，老妇人便不依不饶了，她知道我听不懂藏话，也懒得废话，只是频频举杯、碰杯，催促我大口喝酒，热情得让我无法抗拒。没过多久，杯子就要见底了，我暗暗告诫自己：打住，打住，只此一杯，不然……就在这个时候，牛肉面块上来了，我有意讨好她，也为还她的酒情，还想堵她的嘴缓一缓酒，叫女老板给老妇人分了半碗。可是，即便吃着面块，老妇人依然如故，我实在有些招架不住了，心里盘算着吃完面块就撤……

然而，这注定是一场没有结局的酒局，就像我当前面临的人生那样，尽管路就在前方，我却不知将要去向哪里，前途一片云雾迷茫，真的是一片云雾迷茫！我终究敌不过一杯江津白酒，没能按预定计划吃完那半碗面块顺利撤退，而是直接坠入云里雾里。醉了的我，胃里翻江倒海，全身火烧火燎，头顶热气腾腾。我就是一团炙热的岩浆，烈酒艘烧了我的抑郁，烧焦了我的悲愁，催发了我的豪情，我渴望爆发，渴望在爆发中找到出口。于是，我一改被动局面，开始频频举杯、碰杯，甚至强迫老妇人干杯，还把酒直接送到她嘴里去。心甘情愿地在云雾迷茫中沉溺下去，世界就这样慢慢消失。

……

当我再次睁开双眼，一道热辣辣的白光删地猛扑下来，我赶紧转移视线，看见暗处渐渐浮现出一些似曾相识的东西，在我的头脑里渐渐苏醒过来。特别是那个残损烟缸，嘴里还叼着一截没有抽完的烟屁股，满身烧伤的痕迹。——我恍然大悟，那是我曾经熄灭的一股火的残留。我揉揉酸胀的眼睛，敲敲麻木的脑袋，闭目冥想了一会儿。突然，我就像屁股着了火，一跟斗翻身下床，匆忙打开皮箱，一样一样清点：

钱包还在，钱一分没少，衣服整整齐齐……

这时，旅馆服务员跑来叫我，见此情景，像是明白了什么，说："小伙子，你昨天晚上喝醉了，一个藏族老婆婆和一个回族姑娘，找了好几家旅馆，才把你送到这儿来的。嘿嘿，昨晚的酒喝得舒服不，昨晚睡得好吗？"

我就像一个被人当场抓住的贼，满面通红，无言以对。

服务员笑了笑说："赶紧收拾，我帮你提皮箱，车来了，你该上路了。"

一路上，看着车窗外阳光沸腾的积雪，我的内心一片敞亮。我突然被一种温暖驱动，精神饱满，一往无前，向西，向西，向着那个有雪的远方奔去。

缩水的谎言

蔚蓝的苍穹，深不可测。璀璨的光芒，通天透地。

汽车就像一台时光穿梭机，在阳光与白雪交织的梦幻海洋中穿越，随时有被起伏的雪浪和激荡的光波掀翻的危险。我激动得不能自持，推开车窗，眯缝着眼睛，掠过一团团自由旋转的镶着金边的絮云，以及潮水般涌来涌去的滚滚雪原。

可是，当我在这片透亮的雪域高原上，迷迷糊糊地困了一觉又一觉，身体像泄气的皮球渐渐绵软下去，内心却腾起一股死灰般的厌倦，甚至恐惧。我不是一个观光客，而是一个到雪域高原寻求生活的人，眼前的宏大自然，它除了给予我无言的震撼，还给予我无法把握的命运感：在这个洪荒的世界中，等待我的将是什么，我的生计在哪里？

天终于还是黑了下来，司机开了车灯，寻摸着路迹缓慢前行。车上的人，尽管白天昏睡了几个来回，晚上还是死猪一般睡去。我也想睡——睡是消磨时间最好的办法，可是怎么也睡不着，心里毛焦火辣的，都走了一天了，天都黑了，又冷又饿，我要去的那个地方好久才能到啊？但急有什么用呢，我只得耐着性子枯坐着，满脑子轰轰隆隆的马达声。

不知过了多久，一丝冰凉的清辉泼洒在我身上，我推开窗户，冒着刺骨冷风探出头去，眼前一片空落落的月色。这越发加重了我的惆怅与恐慌，以及对前途的渺茫感。这个时候，邻座的中年汉子醒了，"咔嚓"一声点燃一支烟。像遇到了救星，我急切地问："这位大哥，你是阿坝人吧，阿坝是什么样子的，我们好久才能到那里啊？"

那个中年汉子并不急着回我的话，像是有意卖关子，狠狠地吸了一口烟，烟头闪烁的红光，落在他那张平淡无奇的脸上，似真似幻。然后，长长地吐了一口气，漫不经心地对我说："不急，不急，兄弟，总会到的，到了你就知道了！"

我默默地接受了他那句可有可无的话，不再说话，也无话可说。我艰难地熬啊熬，好不容易熬到半夜一点过，实在忍无可忍，正要厚着脸皮再问。哪想，那个中年汉子却像换了个人，激动地对我说："到了，到了，你看，你看，那就是阿坝，那就是阿坝！"

我顿时精神一振，急忙弹出座位，推窗望去。朦胧的月光下，一片稀稀拉拉的低矮土屋，披着雾蒙蒙的轻纱，蜷缩在一条沟谷里，黑灯瞎火，阒静无声。这哪像一座县城，还不如我们那儿的一个小山村，要不是月光，我一定会忽略它的存在的。我一下子瘫在座位上，心灰意冷，沮丧万分。

中年汉子倒像是吃了兴奋剂，不停地指手画脚，在我的伤口上撒盐，心口上泼冷水："你看，你看，那个插着红旗的小洋楼就是县政府，旁边的那个四合院就是县中学……"

我完全没心思听他废话，也听不进去。脑袋里空白一片。

眨眼间，汽车便开出屁股大的阿坝县城，继续向前行进。我有气无力地问："车子怎么不进站，还要往前走？"

"阿坝县又小又穷，修不起车站，只有借靠青海省久治县车站停车。"

"青海省久治县！"我的天，已经出了四川！

绕过几道弯，穿过一片柳树林，前面果然出现一座像样的城市，高大的楼房在黑暗中并肩而立，街灯有序地泼洒着昏黄的斜光。汽车沿着宽阔的街道行驶了一会儿，大概到了县城的中心位置，从一个偏门进了站。在车上窝了一整天的乘客，像是终于从冬眠中醒来，吵吵嚷嚷下了车，给这个酣睡中的县城一点不同寻常的热闹。

我跟着仓皇地下了车，站在黑暗的一角，正彷徨无措时，几个裹头巾、穿藏袍的藏族妇女围了上来，操着一口半生不熟的汉话不停地叫嚷："客人们，客人们，晚得很啰，该（街）上的旅馆的门关了，我们这住的有，吃的有，安全的放心……"一些有去处的人各自散去。我没有选择的余地，只得和几个同样茫然无助的人，随藏族妇女来到车站内侧一排只有一米来高的平房前，一人派了一间屋，十元钱一晚。房间很小，一张窄窄的单人床几乎占据了三分之二的空间，我将行李重叠在剩下三分之一的地方。所谓"吃的有"，就是天南地北都十分常见的方便面，我买了一碗还未泡开，便稀里哗啦吞咽下去。人饿极了，吃啥都香。

躺在青海省久治县车站的小旅店里，我翻来覆去睡不着，脑袋里一团乱麻。一会儿想想那个躺在荒郊野地的小县城，继而想到自己不可能那么幸运分配到县城，那么我该去的小地方有多凄凉？一会儿想想自己将来会经历怎样的坎坷命运？一会儿想想远在天边的老父亲，我这一生该怎样回报他的养育之恩……总之，那天晚上，我把我的丰富想象与刚步入社会的脆弱，在鸟笼一样的小房间里，放大到了极致。而我，就是笼中一只彷徨的小鸟。

不知不觉，天已微明。一碗方便面不顶事，肚子又"闹饥荒"了，我急忙爬起来，顾不得洗漱，郁郁寡欢地跑到车站对面的一家饭馆，要了一大碗红烧牛肉面，准备吃了就去阿坝县城。就在我狼吞虎咽的时候，偶尔一抬眼，顿时诧异地欣喜起来，就像捡了一个金元宝。

就在我的对面，车站的门楣上，明晃晃地悬着几个斗大的金色大字：阿坝县公共汽车站。昨晚因光线昏暗，心情抑郁，我竟然在车子进站时忘了抬头看它一眼。我在阿坝县城住了一夜，竟然还以为自己身在别处，为此还稀里糊涂地愁闷了一夜呢！

我一下子想起那个骗了我的中年汉子，不知是出于苦闷旅途的消遣，还是有意给我开一个玩笑，他的谎言，实实在在地将我推向了绝望，当我被眼前比料想好许多倍的事实猛然惊醒时，万分欣喜并心满意足地接受了现实。

这真是一个奇怪的事情：因为缩水的谎言，我获得放大的满足。

记住我的姓氏

2000 年，在这个充满喜悦和期待的跨世纪，我迎来了新的人生，被分配到一个名字有些奇怪的小地方—理。它给我奇怪感觉的主因，是它和历史教科书上的一位西方历史人物"查理大帝"有着相同的名号。

荒寒三月，当我乘车赶到这个离县城 50 公里左右的小镇报到时，天已经完全黑了下来，小镇低矮的土屋，两侧荒秃的山丘，混沌成一片阴森的巨影。猖獗的冷风，猛兽似的，"轰"地冲过空荡荡的街道，凶狠地拍打着人家院前屋后立柱上的经幡，发出尖锐而诡异的裂响。我万分沮丧地拖着棉被、皮箱下了车，悲壮地走向暗夜。

突然，不知从哪里冒出几个黑影，轰地一拥而上，奋力争抢我的东西，嘴里还不停地呱啦着："格更，尔京塔！尔京塔，格更！"（后来我才知道他们说的是：老师，辛苦了！）我大吃一惊，以为是遭了劫匪，赶忙喝止。他们毫不理会我的阻拦，或是根本没听懂我的话，扛起我的棉被和皮箱，拽着我的衣袖便往坡上走。他们一边走着，一边叽里呱啦地交换着意见，并不时"咯咯嘎嘎"放肆地笑着。那声音，在我听来，像是从另一个世界传来的。

我心绪不定地被他们拖着走。那个扛着棉被走在最前面的黑影，突然停了下来，站在我面前，用极生硬的汉话吃力地问：

"老死的命子的啥子？"

"什么？"我一下子蒙了。

"老死的命子的啥子？"他又重复了一遍。

我绞尽脑汁猜测了好一会儿，终于明白他问话的意思。我告诉他我叫任冬生。

他二话不说，掉头便走，嘴里不停地念叨："人老死（任老师）、人老死、人老死……"像是在念藏经，一直念到学校里。

在明亮的灯光下，我始看清这帮"劫匪"的模样，他们大约七八岁，律穿着厚厚的藏装，满身尘土，眉毛粗浓，眼睛雪亮，脸蛋黝黑，两腮挂着紫红色的高原红。我特别留意了一下那个一心想记住我姓氏的家伙，他个子不高，穿着一件灰色的蕾疆袍，袖口和胸前连缀着几块大小不一颜色各异的补丁，脚下穿着一双开了天窗的黄胶鞋，两腮的高原红里，布满青紫的血丝，粗浓的睫毛上凝结着微小的冰晶，一双铜铃般的大眼睛，忽闪忽闪着纯洁无瑕的光芒。

他们将我的棉被和皮箱安置好后，向我叽里呱啦一番，便转身离去。那个为我扛棉被的家伙，即便和我挥手道别，嘴里仍没停止念叨。我默默地目送这一帮热情的小家伙出了校门，心里充满了感激。

突然，那个念藏经的孩子像是忘了什么重要事情，一溜烟儿跑到我面前，很认真严肃地问：老死的命子的啥子？他许是背着背着的时候，突然神经短路，要不就是与伙伴接话，续不上来了。看着他一本正经的憨憨模样，我笑了，他也很腼腆地笑了，而后他兴奋地转身跑去，嘴里不停地大声念叨：

"人一老一死、人一老一死、人一老一死……"

那古怪而响亮的声音，打破了山野黝黑的冷寂，也打破了我僵结的内心！我默默地站在灯影里，痴痴地望着这个藏族孩子的背影逐渐消失在沉沉的暗夜里，暗暗告诫自己，我不光要让他们记住我的姓氏，还要他们记住我这个人。

第一堂课

学校坐落在一面阳山斜坡上，勉强可以分三个阶层，最上面一排低矮破旧的青瓦房，是教师宿舍；中部偏左有一栋八几年修建的两层教学楼，墙体多处冰裂，面上的皮褪了一层又一层；最下面一层相对平整，虽然打了水泥地皮，但已破洞百出，一有风吹草动，便尘烟滚滚，一遇雨水下注，便泥泞不堪。学校唯一的体育设施，就是那对木质撑杆和篮板已经腐朽、篮圈歪向一边的篮球架。也有围墙和大门，但那一溜弯弯拐拐的土墙实在是太不争气了，豁了好几道口子，连牛羊猪狗都拦不住，更何况人了。自然而然，两扇大铁门失去了它存在的意义，颓然瘫在两边，早锈得不成样子了。学校的周围全是查理寺院斑驳的黄墙、红墙、白墙、灰墙，以及耀眼的金顶、五彩的经幡，迷宫一般铺满整个山坡和沟谷。

学校有八九位老师，除了我和一位刚从别的学校调过来的坤老师，全是本县人，且大都是本地藏族。大概有两百来个藏族学生。学校既然是一所乡中心小学，自然不能像村小那样残缺不全，有失尊严。因此，尽管老师少得出奇，教学设备几乎等于零，学校还是开足了六个年级，教学采用双语模式，开设藏汉双语课程。所谓的双语模式，也就是象征性地在每个年级开设了一门汉语文。在这之前，只有一位年轻女老师从事纯粹的汉语教学。我和坤老师正好补缺，坤老师接五年级的汉语文，我接六年级的汉语文。

六年级下期竟然才上三年级下册的语文书，这让我感觉十分诧异。第一课是郑振铎的《燕子》（删节版），尽管内容不长、生字不多、通俗易懂，在接到任务的那天晚上，我还是使出浑身解数，把师范学校学到的教学方法掏干用尽，熬夜到凌晨两点多，备了一份还算满意的教案。人生的第一堂课嘛，总是格外的庄重与神圣，我希望有个好的开头。

　　可是第二天到了课堂上，当我和学生过了几招，我才真正明白为什么六年级才上三年级的课本，他们的汉语水平实在是太差了，我的夜算是白熬了。我先领读课文，学生们倒是非常认真，我念一句，他们便摇头晃脑一本正经地跟着念一句，只是声调和韵味完全变了，满口吐出含混不清、稀奇古怪的句子，在我听来，就像和尚念经。句子要是稍长一些，他们的舌头便绕不过来了，干脆像音乐中的滑音那样，滑出一道漂亮的弧线，从前面的几个词组蜻蜓点水般掠过中间的一长串汉字，直接落到最后一个字头上。我不是一个能将就的人，一遍不行两遍，两遍不行三遍，我反反复复地教啊教，等他们终于读得有点像样了，便要求他们一起朗读课文。起先，他们还能凑在一块儿大声诵读，可是两分钟不到，那群起蜂拥的声音，像是突然遭遇巨大强风，被冲散分化成两股势力，一小股按原来的音高和节奏继续前进，而另一大股却突然从高空坠落，结结巴巴，时断时续，东躲西藏，陷入低迷。集体朗读自然过渡到自由诵读。只要我移到哪个学生身边，他的嗓门一下子提得老高，装模作样地读下去，等我前脚刚离开便迅速湮灭下去。在短短的几分钟内，不止一次，我听出有一种很独特的声音混杂其间，后来我渐渐明白，有的学生实在读不下去那生僻拗口的汉语了，只有蠕动嘴唇悄悄背诵藏文来充数，搪塞我的眼睛和耳朵。

　　接下来，我教他们学习课文中的生字生词，顺带练练他们的组词造句以及口语表达能力。我先在黑板上写下要学的生字生词，标上拼音，一个字一个字地反复教读。因为是单个的字词，模仿起来相对要简单得多，这次他们读的倒是理直气壮，声音大得惊人，近乎呐喊，脸上的表情也很生动，尽管还是杂音不少。然后再一笔一画教他们反复书写汉字。他们的认真劲儿丝毫不减，只是那些刚直不阿的汉字，一旦落入他们的手中，就会骨头散架、瘸腿断臂、扭曲变形、性命难保，我只得手把手地一个一个把它们救活。

　　这还不是大问题。那么大问题在哪里呢？字词释意和组词造句。尽管我绞尽脑汁刻意选择最简单的口语和最浅显的例子来诠释每个字词，他们就是分不清东西，找不到南北，坠入云里雾里。我完全傻了，傻得理屈词穷，傻得无可救药。至于他们的组词造句，那更是离奇古怪，让我对"张飞打岳飞，打得满天飞"这句话有了新的理解。我们都很清楚，汉语的复杂性中最突出的特点就是多音字和形象字特别多，他们大都搞不清楚这种复杂关系，只能在贫瘠的汉语知识库存里搜肠刮肚。因此他们在组词造句时，经常搞错对象、站错队伍、张冠李戴、乱扣帽子，语言表达更是五花八门，藏语汉语难分难舍十分纠结，语无伦次，颠三倒四，毫无章法，让人哭笑不得。

第二节是连堂课，按照我的教学进度，该给学生讲授课文、划分段落、概括段落大意、总结中心思想。尽管我讲得喉干舌燥、口吐白沫，台下的二十来个学生正襟危坐，全张大嘴巴，瞪着透亮的大眼睛死死盯着我的脸，一副似要看穿我心思的模样，可是却一脸的茫然，像是钻错了林子，被杂乱的荆棘重重围困，绕来绕去找不到出路了。而我多少有点像那些自以为高深的道士，总以为能为他们指点迷津，找出一条道路，弓I导他们走出林子，找到那片水草丰茂的理想之地。结果不言而喻，我被窘迫的汉语逼到了死角，完全丧失了主导权，浮在一片不真实的云层里，最后连自己也失去了方向感，找不到北了。

语言的隔膜，犹若一座雄伟的大山，硬邦邦地横在我们中间。我们虽然共处一室，近在咫尺，但感觉上我们却相距遥远，不可企及，始终保持种近乎荒诞的距离。

没等下课铃响，我便夹着一无是处的教案，狼狈地逃出教室，结束了我教师生涯最庄重的第一堂课！

你为什么不笑

我不是木头，不懂得笑。但在我的生命中，有过那么一段时间，倒真像个木头，竟然忘记了笑。

第一堂课的失败，严重挫伤了我的积极性，加剧了我对人生的悲剧感，加之对高原气候和藏区生活的不适应，我就像被掏空了灵魂的行尸走肉，在这个完全陌生的世界里，茫然无措地当一天和尚撞一天钟。在那段海水一样苦咸、死水一般阴暗的时光里，我对什么事都提不起兴趣，不愿出门，不愿与任何人有过多的交流，整日郁郁寡欢，生活简化到了只求温饱的地步。如果说还有什么可以慰藉的，那就是书，我没完没了地读一些消失自我的书，读一些看起来坚挺有力却经不起现实一棒槌的励志书。然后写所谓的诗，我祈愿从诗歌中获得力量得到解脱。从理性上讲，我十分厌恶和唾弃这个年纪不该有的悲观与沉沦，然而我抗拒不了，它们的强大足以将我刚刚鼓起的一点勇气完全淹没。

由此我写下了这样的句子：

我一个未死之人，
却可悲地躺在天葬台上，
任凭锋利的时光之刃，
分割我的肉体，
眼看无凭无据的风，
带走我的灵魂，
从此，下落不明。
……

——《谁来参加我的葬礼》

不管怎样的悲观消沉，课总还是要坚持上下去，那是我维持温饱的饭碗。第一堂课后，我不得不抛弃从师范学校学来的那套毫无用处的教学方法，一再降低标准，每节课只翻来覆去教授学生认识几个生字生词，一字一句教读课文，然后布置他们抄写字词。即便如此，那些冥顽不化的学生，不是读不来，就是写不来。到了第二天早上，大多数学生还是将头天刚刚学到的生字生词大大方方地还给我，好像那是借我的东西，一定要还，不还就不礼貌不道德。我不是借贷者，我是老师，老师需要学生还的不是生字生词，而是哪怕只是一点点的微小进步。直气得我面色发青，拍桌子打板凳，骂老天、骂自己、骂学生。脾气像暴躁的火山，稍触即发，情绪像发霉的天气，坏透了。

布置了课堂作业，有时，我便趴在教室门口的铁栏杆上，呆呆地望着山下查理寺院庄严肃穆的经堂和错落有致的僧房，以及那些穿着酱红色袈裟的光头僧人和卑微虔诚的老少信徒，在迷宫一样的墙的夹缝中各行其是；看没有课的藏族老师站在操场边叽里呱啦地嘻哈打笑；看上体育课的学生在尘土飞扬的操场上疯来疯去、又吼又叫……他们是那样悠闲自在、自得其乐、安享生活。可眼前的一切，与我何干，我就是一个孤独的"看客"，无法融入他们的生活。我的幸福、快乐在哪里？这越发让我想念遥远的故乡和亲人，但他们久远得就像一场不可捉摸的空梦！有时，我背着双手，围着教室团团转，遥想我蝼蚁一样卑微的人生，揣测我浮云一样缥缈的未来，越想越悲哀，越悲哀越想。情到悲处，我便猛地冲到讲台上，粗暴地拿起一支粉笔，在黑板上愤懑地写下大大的字：路在何方？我何时才能逃离这个鬼地方？我为什么活着？天生我才必有用！我的未来不是梦！我擦了又写，写了又擦，直到脚酸手软，心力交瘁，方才坐下来，木然地望着那些潦草的字迹，发神，或者流泪。完全不顾学生诧异地望着我这个失魂落魄的可怜虫。

我的心里眼里没有学生，没有未来，只有痛苦绝望和与痛苦绝望纠结的词语：命运不公，怀才不遇，苦海无边，前途渺茫。这些虚无而又真实的词语像暴力的铁拳，一拳又一拳敲打在我脆弱的心口，让我喘不过气来。我的心死了，笑容也死了，我深深地领会那一句话："哀莫大于心死！"而我有的岂止只有哀！

时间在我的愤懑中一天天老去。临近期末的一天，我教学生写信，经过一番较为艰苦的口水攻坚战，在学生似懂非懂、模棱两可的情况下，我还是安排他们给自己最亲最亲的人写一封信，说出心里最想说的话，哪怕一句两句也行。而后我便照例在教室里幽魂般晃荡，内心之中的恋家情绪再次被猛火点燃。我就像一只身受重伤的苍鹰，又一次扑向空洞的黑板，留下潦草的心迹：父亲，我拿什么来回报你！眼泪止不住流了下来。教室里出奇的安静，也许是见怪不怪了，他们并没有抬头看我，而是埋头写信，少有的认真。

晚上，我百无聊赖地打开他们的作业本，批阅书信。他们倒是认真贯彻了我"哪怕一句两句也行"的指示，信写得都很短，歪歪扭扭，寥寥几句，错字别字自然不可或缺，语法混乱一如既往。但令我万万没想到的是，二十来个学生的信，竟然不约而同地写给一个人。

老师，你的为什么不笑阿（啊）？不喜欢我们的是不是，我们很喜欢你！老师，你的不高兴的为什么，一天丑（愁）着脸，爸爸妈妈的象（想）了，弟弟妹妹的象（想）了？

老师，我们很本（笨）的是，不听话的是，你的生气了，我们的好好学习，听话的是，你的不要生气！

你的家很远很远的是吗老师，你的家想了吗，伤心的不要，我们家的玩好不好？

……

读着读着，我便读不下去了，眼泪迷糊了我的双眼。那一夜，我辗转难眠，心里充满了内疚，他们是一群多么善解人意的可爱的孩子，那样细心地关心我，洞察着我的内心，把我当作他们最亲最亲的人！而我呢，却是那样粗鄙地决断他们是一群无法医治无法沟通的"另类"，把他们视为我人生、理想、前途的"死敌"！与他们相比，我算什么，我为什么不笑呢，在他们面前，我还能不笑么？

第二天早上，当我轻松地走进教室时，教室里一反过去闹哄哄的常态，学生们全静悄悄地坐着，瞪着透亮的大眼睛望着我。他们想从我脸上看到想要的答案。我终于释放下所有的心理重负，发出会心的一笑。这一笑不打紧，教室里顿时炸开了锅。他们就像终于获胜的士兵，拥到我身边，牵着我的手，又跳又唱，又说又笑，庆祝战争的胜利。是的，在与我的战争中，他们阳光般温暖的心灵炸开我封闭的城堡，挽救了走向迷途的我。

那一刻，我幸福地站在他们中间，笑容像一朵灿烂的花儿。

我是他们的秘密

自踏进校门那天起，我就陷入了迷局。

在这片由"奇风异俗""奇装异服""叽里呱啦"严密封锁的浓浓大雾之中，我就像一只意外闯进鸟群的黑蝙蝠，主要依靠"回声"来辨别鸟群的动向，寻找隐秘的通道，进入，或者突围。而对于那一大群鸟来说，一只黑蝙蝠的闯入，自然会引起他们极大的好奇和探究的兴趣，他们一定很想知道：这个造型别致、独特陌生、行动"怪异"的家伙，他究竟是不是一只鸟？如果是，他又是怎样的一只鸟？他怎会飞到我们中间来？

就这样，我成了他们的秘密。

于是，他们悄悄地来了，一个两个三个，然后是一群，把黝黑的脸蛋粘贴在我和坤老师（另一只黑蝙蝠）宿舍的玻璃窗户上，挤挤挨挨，踮起脚尖，伸长脖子，睁大眼睛，像看马戏团杂耍那样，关注着两只黑蝙蝠的一举一动。当我们起身盛饭或是感觉周身有些不自在，抑或是听见外面传来藏族老师呵斥学生的声音时，一抬眼，准能看见他们的小脑袋蒜瓣一样紧密地凑在一块，一双双水晶闪亮的大眼睛，射出透明的光。他们见"偷窥"曝光了，你推我搡，挤眉弄眼，咧嘴伸舌，叽叽咕咕，嘻嘻哈哈，瞬间飞得无影无踪。

起初，我很不适应他们的秘密行动，被一群人看着吃饭，和参观动物园的猴子吃东西没什么两样，心里怪怪的。但是，久而久之，当我慢慢理解了他们内心深处期待揭开谜底的"饥饿"，习惯了他们的一贯伎俩，感受了他们的真诚态度时，心便释然。你看你的，我吃我的，两不相干，自得其乐。甚至到了后来，窗户上要是少了一团脑袋、几双眼睛，心里还有些失落。哎，又到周末了，学生们都回家去了，真寂寞啊！

每次课间休息，我站在走廊上背靠着教室窗台晒太阳时，总有那么一些相熟和来历不明的学生，自愿放弃了游戏，整整齐齐地排在我的两边，也像我一样背靠窗台，一句话也不说，似乎陶醉在温暖的阳光中，忘记了说话。但他们的眼睛一刻也没闲着，是那样单纯而又热烈地在我的脸上逛来逛去，仿佛我的脸上开着一朵奇异的花，他们不能不看。

看了一会儿，一些顽皮的孩子，像是终于发现我的脸上，除了两片厚厚的镜片，并没有什么特别引人注目的地方，于是悄悄扯扯同伴宽大的藏袍衣袖，"咯咯咯"地憨笑几声，再把耳朵凑在一起，叽里呱啦地交流几句，然后又把目光回笼到我的脸上。

我知道他们在看我说我笑我，但我不知道该如何回应他们的关心，仓促中，我只能对他们微微一笑。这一笑不打紧，他们笑得更开心了，说得也更起劲了，仿佛我的笑很滑稽，我的笑很奇怪，我的笑里面大有文章。

受笑声的鼓舞和同伴的怂恿，一个能说几句汉话的学生大着胆子径直走到我面前，歪着脑袋一本正经地问我："人老死（任老师）的哪里人？"

我笑着回答他："松潘。"

"送炭？"他很奇怪地玩味了一下这个怪异的名字，然后回过头得意扬扬地大声告诉同伴们："人老死的送炭的是！"

送炭？宋川！虫山！穷三？……

他们就像抛书包一样把这个怪异的名字在走廊上抛来抛去。抛玩了一阵，似乎还不过瘾，于是大家又叽里咕噜地怂恿那个问我的学生继续解谜。

"送炭的哪里有？"

我停顿了好一会儿，竭力在头脑里搜寻能让他们理解和知晓这个地名的词汇，突然我灵光一闪，想起语文课本上有一篇关于旅游风景区"黄龙"的文章，我给学生讲过这篇课文，他们中有的人可能还记得。于是我说：

"黄龙，耳西（知道不），你们书上的学过？我的家，就在黄龙的山脚下。"

"哇，黄龙，没理（美丽）得很，我书上的学过！"

"啊啧啧，人老死的讲过，真没理！"

又一阵沉默之后，果然有两个学生知道世界上有黄龙这个地方，我很满意，他们更得意，仿佛捡到一个金元宝，在同伴面前大声地炫耀。

很快大家像是都知道黄龙了，像是都知道人老死的家在哪里了，便又继续发问：

"人老死，黄龙的哪里有？"

我又支吾了一阵，实在找不到合适的表述，便灵机一动，抬手指了指对面的山："就在山的那边。"

他们的目光唰地一下子全跑到对面山上，在圆乎乎的山坡搜索了一会儿，便又唰地跑回来。

"黄龙的山那边的没有，我牛的放过！"有的学生疑惑地说。

我说在山那边很远很远的地方。

"有多远？"

"我不知道。"

他们又轰地大笑起来，那模样像是在嘲笑我，连家有多远都不知道，真笨！

每次课间休息时间，他们就那样围着我，提出一个又一个问题，然后打破砂锅问到底。在他们眼里，我的存在就是一个奇怪的谜，他们大有不揭谜底誓不罢休的架势。

上课铃一响，他们便一哄而散，叮叮咚咚地跑回楼上楼下各自的教室，震得整栋楼摇摇晃晃。

我又要继续上课了，继续打我的汉语"醉拳"。

长期的教育实践，让我渐渐明白一个道理：我之所以成为一个巨大的无法揭穿的谜团，像一块磁石，深深吸引他们天空一样明澈的眼睛，白云一样纯洁的心灵。除了我天外来客的身份，异域化的生活背景，与众不同的生活习惯，还有一个十分重要的原因，那就是语言的隔膜。我在散文《第一堂课》里说过这样一句话：

语言的隔膜，犹若一座雄伟的大山，硬邦邦地横在我们中间。我们虽然共处一室，近在咫尺，但感觉上我们却相距遥远，不可企及，始终保持一种近乎荒诞的距离。

距离产生美。距离也产生雾。雾太大了，就成了谜，传说一样美。

比如说，我在课堂上给他们讲那篇关于旅游风景区"黄龙"的文章时，尽管我绞尽脑汁用最通俗易懂的语言来形容它的美，但还是无可避免地用了"世界级""五彩池""国家地质公园""国家5A级景区"等他们完全陌生的语汇来添油加醋。我的用意很简单，就是让他们明白"黄龙"的美是一种极致的美，是人间仙境。

而他们的反应呢？用一个不恰当的比喻：他们看见河对面很漂亮、很好玩（从那些插图中看到的），很想过去逍遥一番。但河上没有桥，他们又弄不清楚水的深浅（我的语言描述），尽管水面上冒出几块突兀的石头（生僻的字词），因为离他们的距离太远，他们还是没办法摸着石头过河去。于是，他们只能远远地看着，心里又艳羡，又着急。

当我说我的家就在黄龙脚下（其实，我的家与黄龙很远，在一个县的两极），他们艳羡和钦佩的表情告诉我：任老师一直在河对面耍，能在河对面耍的人一定不是一般的人。朦胧美就这样产生了，诗意就这样产生了。

不言而喻，他们很想解开谜底，结果却又掉进了谜团。

我和黄龙都是他们的谜面，谜底是什么，在他们长大之前，不会有结果。

当然，这并不影响他们的探索，孩子的眼睛总是喜欢不同寻常的事物。即便是我在最丧气的第一学期，拍桌子，打板凳，扯羊癫疯，在黑板上"练狂草"，骂老天、骂学生、骂自己，他们的眼睛和心灵仍然那样单纯而又热烈地关注着我的一举一动，寻找可以翻进去的缺口。

任老师在发泄什么？

是不是不喜欢我们？

他想黄龙那个家了吗？

他遭遇了什么不幸？

……

除了疑问，他们没有答案。所以他们不约而同给我写了一封信问我：你为什么不笑？

他们虽然有了朦胧的理想，但人生、理想、现实、挫折、失落这些尖锐的字眼还不能影响他们的生活。他们只会用儿童特有的稚嫩眼光打量我、亲近我，把我的一切都装进他们好奇的口袋里，然后没完没了地问下去：

任老师到底是不是一只鸟？如果是，他又是怎样一只鸟？

他从哪里飞来，又要飞到哪里去？

她一句话不说

他们很喜欢我，超乎寻常的喜欢。因而无论我站在什么地方，他们总会像一群不知疲倦的小蜜蜂，"嘤嘤嗡嗡"地环绕在我身旁。

草原的冬天总是那么漫长而寒冷，特别是早晚时分，气温降至零下十几摄氏度，冷得人遍体冰凉、内心荒寒。冬天的太阳又总是那么执着而殷勤，几乎每天按时把它的温暖送达人间，照耀着教室的走廊。

每一节课后，我都会依靠着教室的窗台，面朝东方，眯缝着眼睛，任阳光的暖流缓缓穿透我的身体，解冻我冰冷的手脚。这个时候，他们又陆续飞来了，从不同的教室，从不同的角落。然后整整齐齐地贴在教室窗台上，直至两头的楼梯口。接下来，又该是他们提各种问题的时间了。对于他们的这种行为，我已经习以为常。其实我并不能给予他们什么，我的答案总是那样的千篇一律，模棱两可，难以分辨。就像他们当时留给我的印象：一样的服装，一样的造型，一样的脸庞，一样的声腔，一样的笑声，似清晰可辨，却又模糊一片，分不出你我。有时候，我有一个奇怪的感觉，总觉得他们就是一个人的多重幻象。

唯有温暖的阳光，明明白白地写在每个人脸上。

尽管如此，过了一段时间，在这群尽职尽责的学生中，还是有一个学生从模模糊糊的群体中凸显出来，弓I起了我的特别注意。

她又小又瘦，穿着一件干干净净的天蓝色藏袍，整个人就像是被塞进一团棉花里。很奇怪，她每次都站在队伍最边上挨着楼梯口的地方，远远地望着我，生怕我发现她似的。同伴们"叽叽喳喳"交头接耳，她便侧着耳朵很认真地听着，同伴们"咯咯嘎嘎"放肆地笑着，她便抿着嘴偷偷地笑着，眼睛眯成两条优美的曲线。只要我的目光游离到她的那个方向，她便迅速转过头去，在墙壁上蚊虫一样叮咬。

但她却始终不说一句话。

我有意接近她，于是派身边的一个学生，去把她叫到我面前来，但她怎么也不肯来，把头摇得像拨浪鼓。那个肩负重任的学生见软的不行就来了硬，粗鲁地将她扭送到我面前，并堵住她的去路，扯住她的红腰带，生怕她不翼而飞了。

我上上下下仔仔细细地打量着她，她的眼睛不同于别的孩子那样眉毛粗浓、滚圆透亮，而是又细又小，里面仿佛蓄着一汪洁净的湖水，蓝天、白云、阳光、星星全住在里面，美得让人心碎。尤其是她笑起来的时候，那双美丽的小眼睛自然弯成两道细细的新月，像月亮湾一样迷人、醉人。而她呢，像一根柔弱的含羞草，尽量躲避我灼热的目光，把头低低地垂到胸前，小脸憋得通红，连脖子和耳根也红得烫人。_双小手不知究竟该放在哪个位置好，一会儿抹抹手指，一会儿扯扯衣袖，那个狠劲儿，恨不能把它们齐根扯下来。

我怜悯地掂着她的下巴抬起她执拗的头，看着她那双透亮的会说话的小眼睛，轻声问她：

"小姑娘，什么名字？"

她依然不说话，依然那么腼腆地微笑着，眼眶里的湖水都快漾出来了，仿佛笑就是她的秘密武器，笑就是她最好的答案。倒是旁边的学生争着抢着回答我的问题，很快我就知道她叫昂修姐，十岁，楼下三年级的学生，额色玛村人。

就在这个当儿，她终于逮着一个逃跑的机会，猛地一转身，推开那个自以为是、猝不及防的"拦路虎"，兔子一样蹦出人群，冲下楼梯，那个"拦路虎"在同伴的嘲笑声中也跟着大呼小叫地追了下去，掀起了一股不小的风波。

过了一会儿，我无意中转头一看，她竟然又悄无声息地回到她原来站的地方，仿佛那就是她的位置，她自始至终都气定神闲心满意足地站在那儿，从未离开过。

我突然明白，她就是一只从大山深处飞出来的小小鸟，好奇出于她内心的需要，胆怯是她本能的反应。她渴望与我这个陌生人亲近，但又不敢轻易靠近，所以，她选择站在自以为安全又便于逃跑的地方，与我始终保持着一定的现实和心理的距离。观望成了她寻求爱的最初形式。对于这样一只可爱、胆怯、柔弱的小鸟，我不能贸然闯进她的世界，只能耐心地等待她一点点克服内心的障碍，一步一步走到我身边来。于是，在接下来的一段时间里，我故意装出一副漠不关心的样子，尽量拴住眼睛，不让它跑到她和她站的那个地方去"撒野"。

一天上午，我像往常那样用余光迅速地扫了一眼，惊喜地发现，她竟然向前移了一步，尽管那只是很小的一步，但她的位置已从倒数第一变为倒数第二。我心中暗暗窃喜，她内心的防线已开始松动，终于试探着向我靠近。我不露声色地偷偷关心她的位置在阳光的注视下，一天天发生微妙的变化。

终于有一天，当我走出教室站在炫目的阳光里，第一眼就看见她就站在我的身边，满脸的窘迫，浑身的不自在，小眼睛里泛起闪烁的粼光，整个人就像陷进了棉绒里。我快速地盘算了一下，觉得时机还不成熟，于是我故意把脸扬得高高的，装作没看见他，继续和那些一心想揭穿我谜底的学生们展开知识竞猜。她见我并不关心她的存在，反倒放松下来，舒展开来，我甚至在嘈杂的说笑声中听到她轻轻地吐了一口胸中的闷气。

就这样又僵持了几天，一天我正和学生们吵闹的高兴，突然感觉手背痒酥酥的，低头一看，原来是她，正悄悄伸出柔嫩的小手轻轻抠我的手背呢。我顺势一翻腕，她的小手就像一只温柔的小鸟，完完全全地落在我宽大的掌心里了。这一次，她并没有逃跑，而是温顺地接受我的爱抚。我知道，她这只小鸟再也不会飞走了。

白那以后，每天一下课，她便一趟子跑到我的身边，用她一贯的伎俩抠我的手背，然后顺理成章地掉进我温柔的陷阱，眯缝着眼睛，一脸安详地晒着太阳。仍然一句话不说。

湛蓝深邃的天空，温暖灿烂的阳光，构成了我们的前台和背景。

素椒面，胡椒面

已经过了一个钟头了，他怎么还不回来？

是不是出了什么意外，摔伤了，被莽撞的摩托车撞了？……

望着窗外纷纷扬扬的大雪，我的内心一片荒寒。我突然后悔起来，我应该坚决拒绝他的热情，亲自跑一趟，要是真出了什么事情，我该怎么向他的父母交代？

可是，我能拒绝吗？

不能！他们实在是太热情了，不管与我熟不熟悉，调皮还是听话，对我都非常好，就像蜜蜂之于鲜花、鱼儿之于流水那样情深义重。

每次我提着水桶或拖布走出家门，只要被他们看见，他们便会立即丢下正在热恋中的游戏，争先恐后地奔跑过来，不容分说（也说不明白），奋力争抢我手中的家伙，然后前呼后拥地跑去替我提水或是淘洗拖布。当我扛起斧头走向学校背后那一大堆木头，他们便会一窝蜂跟过来，年岁稍大的争抢着抢斧头劈柴，年幼的自觉充当运输队员，把劈好的柴块运输到我的门前，整整齐齐地码成一堵墙。

特别是到了数九寒冬，冰天雪地，寒风呼啸，室外气温一直徘徊在零下十几摄氏度。除了上课和到山脚下乡政府附近采购必要的生活物资，我和坤老师几乎都蜷缩在火炉旁取暖，恨不能钻进炉膛里去。由于寒冷异常，学校唯一的自来水管被冻死，要到来年四月才能起死回生。在这段超长的冰冻期内，吃水自然成了我们最大的问题。还是他们，只要一看见全副武装的我们提着水桶出了门，便情不自禁地跟着我们，一步一滑地溜到山下的热柯河边，或是爬到学校背后很高的山坡上，争抢着敲开生硬的冰面，掏出还未冻死的活水。猖獗的风卷起冷酷的冰粒子，生硬地拍打在我们的脸上手上，刀割般难受；嘴里哈出的热气瞬间凝结，亮晶晶地挂在我们的眉毛、睫毛上；就连我们刚刚捞进桶里的活水也很快凝起一层薄冰。山路又湿又滑，很不好走，他们便轮换着抬水，走一截，歇一会儿，换一拨，继续走。冷得实在受不了了，他们便停下来，狠劲地搓搓冻僵了的小脸和小手，就是坚决不让我们插手。我们只得哆哆嗦嗦地跟在后头。到了学校里，桶里的水由于颠簸的厉害，剩下不到三分之二了。而他们的手和手套，由于吃水过多，生冷地连成一体。我心疼地摸摸他们的头，要他们坐下来烤烤手，但他们总是腼腆地笑笑，风一样溜掉，生怕我抓住他们的尾巴似的。

总之，他们天生的热情，容不得我们手中还有未完结的事情，更容不得那些未完结的事情劳累他们尊敬的格更（老师）。在他们心里，力所能及地为格更分担生活中的事情，是天经地义的，是义不容辞的，是理所当然的。面对他们的热情，起初我很不坦然，在我以往得到的一些直接或间接经验中，过多地接受学生的热情，会造成一种情势，引来一些不动听的言语，他们会说："某某某老师真是懒惰，什么事都叫学生去干，学生到学校是学习来的，又不是劳动来的。"我不希望在别人眼里留下那样不光彩的印象，更不希望落下那种难以更改的口实。但他们不管这些，依然我行我素，争着抢着为我干这干那，把我干干脆脆地抛在一边凉快，让我轻轻松松地享受他们的劳动果实。

而我回报他们的只有一声：依姆（女孩），卡卓（谢谢），耳嘎踏（辛苦了）！依能（男孩），卡卓，耳嘎踏！因为我实在分不清楚他们谁是谁，也叫不出他们的名字，除了极少数。但他们就是一个火热的群体，一群可亲可爱的男孩和女孩，他们不需要我的任何回报。

这一次当然也不例外。但例外的是，他怎么迟迟不回来？

我越想越紧张，于是赶紧裹上围巾，冒着铺天盖地的大雪向山下走去。

路上不见一个行人，也见不到一串足迹，沿街的七八个小卖部冷清地张着空洞的"嘴巴"。

我走到第一家询问店主有没有见过一个八九岁的学生，个子大概1.2米，脸圆圆的，眼睛大大的，穿着深灰色藏袍，拴一根红腰带，前来买素椒面（一种没有调料包的方便面，五角钱一袋）。

店主听了我的话，竟然哈哈大笑起来，就像我给他讲的是一个很滑稽的笑话，弄得我一头雾水。他一边笑一边结结巴巴地说：

"有，有，有……不过，不过……他买的不是素椒面，不是！他买的是……胡椒面，胡椒面……炒菜用的胡椒面，调料，调料！"

"胡椒面？"

我愣了一下，忍不住哑然一笑。

素椒面，胡椒面，一字之差，失之千里。

这都怪我，因为是周末，加上又在下大雪，我和坤老师起来的比较晚，等我们烧了炉火，准备煮饭的时候，却悲哀地发现水桶里的水已所剩无几。这么大的雪，提水自然很困难。我掂量着那点水，还能泡几包方便面，于是我决定下山去买，坤老师在家烧水。我刚捂着脑袋走出门去，就被一个周末没有回家的住校生截住，他硬要替我去买"康死虎"（康师傅），这儿的学生没有不知道"康死虎"的，就像他们没有不知道迈克尔·杰克逊的一样。我执拗不过，便叫他买两包康师傅和两包素椒面。他得了任务后，打着呼哨，飞快地穿过漫漫雪雾，向校门口跑去，一不小心，脚下一滑，摔了个四脚朝天。他急忙爬起来，不好意思地朝我站的方向看了看，便又疯跑起来。按他的速度，十分钟就可以回来。

当时，我根本没想到素椒面和胡椒面这一层。

也没想到，他们都知道有这样一种方便面（他们也很喜欢吃，经常捏着口袋当零食一样啃着嚼着），却不知道它的名字。

"这都是我的错哈，没交代清楚，把这个小不点害苦了，这么大的雪，白跑了一大圈，我得赶紧把他找回来，不然他可能要跑到阿坝县城去买了。"

我笑着对店主说，心里充满了歉疚，但一身轻松多了。

"呵呵，胡椒面的没有。"

店主用回答学生的口吻，打趣地回应我。

我在店主们善意的笑声中，顺街一路走下去问下去，满以为很快就会找到他了，但到了最后一家小卖部，竟然还没有看见他的身影，这让我大感意外，大惑不解，心里落下的石头又悬了起来。

他究竟跑到哪里去了呢？

我缩着脖子在村口的风雪中焦急地徘徊了一阵子，张望了好一会，突然想到一个地方，他一定是去那儿了，一定是。于是我赶紧向村外走去。

天气真是糟糕透顶，大片大片的雪花源源不断、密密层层地落在我身上，它们迅速融化，渐渐浸湿我的棉线围巾和厚厚的羽绒服，冷得我就像没穿衣服；鬼哭狼嚎的凄厉寒风，顺着山谷横吹过来，凶狠地扑打着我的身躯，纠缠着我的双腿，每迈进一步都那么吃力。

当我奋力与暴风雪搏斗了将近五十分钟，跌跌撞撞走了三公里的路，终于赶到那个地方时，远远看见一个小小的"雪人"，站在公路边那个低矮的小卖部前，正用力敲打人家的门：

"阿罗，郭雪（开门）！阿罗，郭雪！"

不用猜，那一定是他了。敲了一会儿，他好像感觉到身后来人了，转过身木然地瞅着我从大雪中一步一步逼近，他终于认出是我，眼睛鼓得溜圆，惊讶地叫了起来：

"人老死（任老师），耳嘎踏！"

我的心猛地抖动了一下，看着他冻得发紫的额头和眼睛上面两片微微上翘的冰片，酸酸甜甜的滋味堵在胸口，一句话也说不出来。

说"耳嘎踏"的应该是我，可是我呢，到现在连他的名字都不知道！这时，那个小店老板哓当一声推开一片窗板，探出半个脑袋没好气地问：

"买啥子？这么冷的天，叽里呱啦叫了一早上！"

"胡椒面。"

他赶紧转过身去应答。

"没有。"老板的声音都快冒出火来。

他无奈地转过身向我摊开手掌，耸耸肩膀，歉疚地笑了笑，尽管围巾遮住了他大半张脸，但我仍能想见他迷人的笑容，感受到他笑里的温度。

那是我再熟悉不过的笑，春天一样的清新，夏天一样的温暖。

"依能，卡卓，耳嘎踏！"

"玛嘎踏（不辛苦）！"

填鸭式对话

　　我们一直都很努力地适应着对方，因为语言的隔膜，我们必须先凿穿这层厚厚的坚冰，穿过这层浓浓的迷雾，才能让我们共有的活动和简单的生活继续下去，才能真实地看见对方，所以我们必须努力。

　　父亲在我去藏区教书之前，就曾语重心长地反复叮嘱我，要好好学习藏语啊，掌握了一门语言就掌握了一种武器。他老人家也是一名老师，并且也在少数民族聚居的羌寨教书，好在他自己就是一个羌人，知道懂点民族语言，对于一个民族地区的老师意味着什么。起初我很不以为然，我教我的汉语课程啊，与藏语何干，没那个必要！第一堂课的失败，语文教学的危机，与学生交流的困难，渐渐让我深刻意识到一点：如果我不学点藏语，不止我的教学，就连我的人生都将会陷入危机四伏的泥潭，不能自拔。

　　也许有人觉得我的话很夸张，有那么严重吗？

　　如果你换个角度为我想想，你就会理解这样一种恶性循环：语言障碍，工作危机，生活封闭，势必会影响心情，颓废思想，消极生活。长此以往，人就会陷入一种混沌的无理想、非生活的压抑状态，总觉得自己一无是处，越来越颓废，就像一只被放逐荒滩的羊。

　　很惭愧，我就有过这种没出息的体验。

　　除非，你天生就是一个没心没肺的家伙。

　　于是，我们便有了"支边青年"这样一种玩世不恭的称谓。据我所知，在我之前的支边青年中，有为情所困跳河自杀的，有坚持不住逃跑的（当然大部分还是选择了坚守，不管是出于生活无奈，还是别无选择），他们以他们的方式，选择离开了这片雪域高原。

　　我有我的懦弱，也有我的坚强。所以，我必须要学点藏语。

　　藏语是我生活的起点，也是我人生的必修课。

于是，曾经有那么一段时间，我和我的同道室友坤老师，兴致勃勃、信心满满地跑到隔壁的学生寝室，跟着学生鹦鹉学舌，并在小小的笔记本上用汉语稀里糊涂地写下"格更"（老师）、"捡桶"（喝茶）、"德莫切"（再见）、"耳嘎踏"（辛苦了）等等一些日常用语，有事没事捧在手里像背英语单词那样背诵呢。

另外，我们还拜请自己的学生为师，叫他们每天给我们传授一句日常用语。我们的学生当然高兴啦，他们终于有机会过一把老师瘾，反过来"教育"我们了。

尽管我很努力，学生也很尽职，但不得不承认我很笨，在学习"外语"这一点上我远不及我的学生聪慧灵醒。今天他们不厌其烦地教我一句：刚啊角呢（哪里去啊）？我不是大舌头绕不过急弯，就是发音远远偏离轨道，把我的小老师的肚皮都给笑痛了。当晚一觉睡过去，我的脑袋像水洗过一样，真不知道昨天学到的藏语跑到哪里去了！对于我远远超过他们的快速遗忘和返还能力，我的小老师自然很不满意，但他明白自己毕竟只是个小老师，而且随时可能下岗，绝不敢像我责骂他们一样责骂眼前这个老不争气的大学生。

自然而然，我的藏语功课老不上进，停留在初级阶段，徘徊在大门外边。

好在这样一来，我或多或少还是勉强记住了几个常在耳边晃荡的问候语，几句简单得不能再简单的日常交流用语。至少，我再接受学生的真心关切和真诚问候时，不至于头脑荒芜，大张着口，一脸的茫然，满头的雾水。俗话说："礼尚往来。往而不来，非礼也；来而不往，亦非礼也。"话又说回来，我又怎么忍心慢待我可爱的学生们的那份真情，只是应酬地点点头，连一句回应的话也没有呢。但我的藏语水平实在是太差了，我不能用藏语回敬他们，于是我灵机一动，来个猴子顺杆爬，自创了一套汉语加藏语的表达方式，最通用的一种方式就是在藏语词汇中加"不"或"要"。

比如学生问我：人老死（任老师），耳嘎踏（辛苦了）？

我就回敬他们：人老死"不"耳嘎踏。

学生请我捡桶（喝茶）。

我就说：捡"不"桶。

学生说：精杷嚅（精杷吃）。

我就说：精杷"不"嚅。

又比如学生问我：精杷耳郭（精杷要不要）？

我就说：精杷"要"。

对于我这种奇怪的应对方式，起初，学生们都觉得很滑稽，总会捂着肚皮爆笑一阵，眼泪直流。但久而久之他们听习惯了，也就习以为常了。

之所以会这样的"麻木"，其实有一个很重要的原因，那就是他们也是这种表达方式的创造者，而且早在我来藏区之前，在汉语进入他们的生活，与他们发生密切关系的时候，他们就已经能纯熟地运用这种表达形式了。不管是从创造的时间还是创造的丰富性上看，他们都是我的前辈我的老师，我只不过是顺藤摸瓜捡了一个最次的样品而已。

我们之间的区别，那就是我努力将汉语置换成深奥的藏语，而他们努力将藏语置换成拗口的汉语。我们的共同目的只有一个：力争从口头上趋向一致，实现对话的可能。

对于这种不同语言生硬置换、强行混编的表达方式，我称之为"填鸭式"。

就像我从汉区进入藏区一样，那些从远牧场、从深山老林里走出来的藏族学生，突然从封闭的生活环境和茂密的母语丛林中跳出来，遭遇一种前所未有前所未闻的语言时，自然无法在短时间内打开一道缝隙或一条通道，接纳它们的进入。

对于我平日的关切询问和课堂上的生硬灌输，他们最初的回应就是"耳听为虚，眼见为实"。因为他们的耳朵即使灌满了我的声音，在他们听来就是一只无头苍蝇四处瞎撞八方碰壁发出的盲乱之音，那就是_种虚无缥缈的存在。他们只有也只能用眼睛观察我的手势和表情，循着表象的蛛丝马迹，追寻可能存在的答案，尽管这个所谓的答案因为我的无能为力还十分的不明朗。

好在接触久了，看的多了，听的多了，他们的眼睛渐渐找到了一点自信，能用肯定的点头和否定的摇头回应我。但我们之间的问题不是能用点头和摇头就能解决的啊，我们必须开口对话。在这种极艰难的状态下，他们从身边的学生口里，从我机械的反馈中，得到了一点启发，勉强模拟出不太准确的汉语发音，于是，"不"产生了，"要"产生了，最初的填鸭式产生了，汉语由此生发，并逐步走向深入。

可以说，每个藏族孩子，就是从这一步开始，逐步走进汉语的世界，走进我的世界。这样的孩子，占我学生总数的百分之七十左右。

相较而言，那些生活在乡政府附近村寨的藏族学生，由于受来自内陆的汉族干部、木匠、工人、小商小贩、过路客以及电视媒介的影响，他们的填鸭式大大超出我和大部分学生的能力范围，比我们高明得多，也复杂得多。现代的各种物件，比如摩托车、康师傅、盐巴、可口可乐、雪花啤酒等等等等随处可见具体可感的物件，携带着像是与生俱来的汉语符号涌入他们的生活，不断拓展他们的语言触角。与内陆汉人必不可少的简单交流，比如到卫生院找汉族医生看病，到供销社购买东西，等等，又迫使他们竭力实现生活层面的双重表达。他们在不断地聆听、重复地学习过程中，随着汉语知识不断丰富，可供置换的汉语词汇日渐增多，他们的填鸭式表达也逐步生动起来。他们大都能听懂我说的一些日常生活用语，并能简单地做出回应，尽管藏语仍占主流，少量的汉语置换未必准确到位，但我已能从那些"深水"里冒出来的珍贵词汇中，摸索出他们所要表达的大概意思。

他们是我教育对象中的核心阶层，占学生总数的百分之二十七八。

剩下的百分之一二，已经能较熟练地使用两种语言，实现生活层面的藏汉双语等量对换。抛开生硬的书本，我们之间的日常交流对话，已经没有太大的障碍。他们大都是学校老师的子女，少部分是藏汉联姻的后代。他们是我的老师，助手，翻译官，扩音器，转播台。有了他们这百分之一二的支撑，我的汉语教学才不会陷入死局。

猫和老鼠

真快，又轮到我一个人值周了。

学校因为老师少，规定每个老师轮流当值一周，管理全校学生。这样一来，大家就都可以轮换休息较长时间了。尽管如此，值周的任务还是很快循环到了我的头上。

值周很辛苦，特别是在冬天。而草原的冬天似乎总是很漫长，几乎每个学期有一半的时间都是在寒冷中度过的。自从学校搬迁到离乡政府三公里以外的一片前不着村后不着店的青稞地里，住校生便占了大半。每天早晨七点，我们便要起床领住校生跑步、练操。那个节点那个时辰的我，对早晨穿心蚀骨的冷空气充满了仇恨，对温暖贴身的热被窝充满了依恋。因而，每一次与被窝的分离，对我来说，无疑都是一场战争。当然，这不是我一个人的战争，在那段刻骨铭心的日子里，有一小部分学生也加入进来，直到我尖锐的口哨和凶猛的吼叫声，响彻操场，穿过楼道，进入寝室，给他们发出最后通牒，他们才迅速结束战斗。

晨练结束后，住校生们便去打水洗脸、倒马茶揉精粑，通校生也陆续来到学校，接下来就是书声琅琅的早读课。两节正课下来，便是课间操。在偏僻山村教过书的人可能都有过集合吹口哨、做操喊口令的经历，站在一大群"叽叽喳喳"的学生中间，我感觉自己就像一头咆哮的棕熊，气势汹汹地维持秩序，声嘶力竭地大喊大叫，最终，我得到了一盒又一盒原本并不稀罕却被我视如"珍宝"的东西——嗓子喉宝。

到了中午，学生们每十人一组，由组长和助手负责到食堂排队领午饭盆米饭和一盆炒菜，然后围坐在操场一角分而食之。我们的责任便是来回巡游维持学生打饭、吃饭的秩序，直到他们填饱肚皮、洗刷完毕，然后才去找自己的饭菜，填自己的肚皮。

下午放学后的第一要务，就是无论刮风下雨落雪，都要将学生护送到可以看见村庄的山口，然后大声吆喝着目送他们规规矩矩地走进村子，生怕他们在半途出什么差错。晚饭过后，便又组织住校生晚自习，然后一个寝室一个寝室关照他们熄灯睡觉。

每天忙下来，我就像爬了一座大山，心力交瘁，疲软乏力，耳朵里灌满了山风一样热闹、拥挤的吵嚷声，脑袋昏昏沉沉像糊了一团霜糊。之所以会这样，除了责任与劳累，还有一样功不可没，那就是语言的隔膜。我们虽然天天相处，共同生活，但感觉我们中间始终隔着一条雾气腾腾的宽阔的河，这使得我的管理犹如蜻蜓点水，浮浮泛泛，始终沉不下去，也扩展不开来。

典型的"两层皮"现象。

就拿监督他们早读来说吧，当我巡视到每间教室，他们都会摇头晃脑、大声武气、抑扬顿挫地朗诵课文，那个整齐啊，那个痛快啊，就像初升的太阳一样朝气蓬勃，真让人感动。当然他们读的是藏语文，汉语文他们是达不到这样高的水准的。可是，在我巡视了好几圈之后，尽管我听不懂一句藏文，搞不清楚他们读的究竟是什么内容，但我还是发现一个问题：他们每次诵读的声调和韵律咋那么相似呢？是不是藏文都是一副腔调呢？后来时间长了，我还是渐渐发现了他们公开的秘密：他们都很清楚我不懂藏语，所以每次看见我来了，他们便迅速武装起来，集体诵读几句他们已经背得滚瓜烂熟的藏文，制造出一种醉心读书的假象，来搪塞我的耳朵和眼睛，甚至有少数调皮捣蛋的学生，装出一本正经读书的样子，实际上却和身边的同学有板有眼地摆谈得欢呢！

对于他们公然的阳奉阴违，我除了听之任之，毫无办法，连证据都不能掌握，还有什么资格什么理由责罚他们呢！我又不能强迫他们读汉语啊，在早读课上读什么书是他们应有的自由，理应得到尊重！在藏语的掩护下，他们获得了空前的自由，早读课成了一部分学生自由言论、天性表演的理想时间。我的工作重心被迫由深层次的监督他们读书向浅层次的维持课堂纪律转变。说俗气点就是抓他们的现形，杀鸡给猴看。于是，我变身为一只大花猫，悄无声息地在楼上楼下来回巡游，偶尔来个突然袭击，而总有那么一些胆大妄为的学生，在表演的高潮，在兴奋的巅峰，忘乎所以，一头撞在我的回马枪上，或是倒在我的游击战中，成为全班最耀眼也最倒霉的鸡。

于是，我缴获了皮球、卡片、弹弓、塑料小玩具、方便面等各种各样的战利品。那些小玩意儿值不了几个钱，他们并不在乎，可是皮球他们不能不要回去啊。于是下课后他鼓足勇气来了，老老实实低眉顺眼地站在我面前，一边不停地晃动着竖起的大拇指，一边信誓旦旦地对我说：

"人老死……卡卓（谢谢），卡卓，皮球的还我！明天……皮球来，我不来！"

"什么？"我原本还想再装一会儿冷酷，却忍不住噗嗤一声笑起来。

他睁大眼睛疑惑地望着我，满脸的云雾。

"明天……皮球来，你不来？"我故作严肃地反问道。

他低头回味了一下我的话，脸唰地红了，急忙抬手搔着后脑勺辩解道：

"明天一来我来，皮球——不来不来！"

看着他那副猴急的样子，我实在绷不下去了，笑着把皮球递给他并告诫道：

明天，要是皮球来了，咋个办，你晓得不？

"晓得，晓得，人老死，卡卓，卡卓……"

话没说完，他便兴奋地抱着失而复得的皮球蹦蹦跳跳地跑到球场上去了。

其实这还不算什么，最大问题在于沟通交流。作为一名值周教师，与学生的沟通交流自然必不可少，不然你怎么实现师生和谐、校园和谐？

美国管理学家巴纳德有这样一句至理名言：管理者的最基本功能是发展和维系一个畅通的沟通管道。而我的沟通管道因为语言障碍，基本上处于堵塞状态，发展和维系起来自然相当困难。于是，各种问题出现了。

一天课间操结束后，我和校长一同爬楼梯去二楼上课。

我望着蓝得让人沉醉的天空感慨道："今天的天气真好啊！"

校长没接我的话，却气愤地说："楼上有两个学生在骂你！"

"骂我？"我的好心情一下给泼没影了。

校长黑着脸，大步冲上楼梯，抓住那两个骂老师的学生，劈头盖脸一顿训斥。我莫名其妙地站在他身后。上课铃响了，他便把继续教育的权利交给我，上课去了。我望着眼前两个垂头丧气、羞愧难当的学生，心里又急又气，嘴里又吼又叫。而他们呢，脸上写满了诚恳，嘴里嘀嘀咕咕，十分努力地为自己辩解或是给我道歉（我猜的，情况多半就是这样）。

结果呢，他们什么也没听懂，而我也没弄清楚他们究竟骂了我什么。

最后我由最初的愤怒转而同情他们的困窘。

事情就这样富有戏剧性。

有一次晚自习，我刚把一群在教学楼后面又吼又叫、疯狂打闹的学生赶进教室，然后心情舒畅地回到寝室，准备喝一口水润润嗓子，就去巡逻。

这个时候，一个老师表情严肃地走进来，对我说：

"任老师，有学生报告，刚才教学楼后面有学生在打群架！"

"打群架？"我很惊讶，"不可能喔，我问站在旁边观看的一个学生，你们在教学楼后面干什么，他说在做游戏！"

"做游戏？"那个老师哈哈大笑起来。

于是，我俩赶紧跑到教室里找出那群"做游戏"的学生，在操场上站成两排，那个老师背着手在十几颗低垂的大脑袋中间走来走去，问来问去，训斥了一番，事情像是解决了，然后才走过来幽默地对我说："他们说他们不是在做游戏，他们是在打架！"

我带着被欺骗的愤懑，走过去问那个学生："看见了就应该报告老师！你咋个要骗老师呢？"

他支吾了好一会儿，挤出几个字："我也打了！"

弄得我哭笑不得。

事情往往就是这样，我以为风平浪静，结果却是暗流涌动，有些事情，在学生中已经广为流传，而我却还蒙在鼓里，最后，免不了藏族老师来给我收拾残局。

......

在值周的每一天，我还要应对一件十分频繁而热闹的事情——学生告状。不知他们哪里来的那么多冤屈，总是告个没完没了。这不，两个学生相互牵扯着长长的衣袖，推推搡搡来到我面前，他们生怕失了先机，授人以柄，争先恐后地向我投诉：

"人老死，人老死，他——我——打。"

另一个学生没抢到优先发言权，直接成了被告，很不服气，脸涨得通红，嘴里也跟着嘟嘟嚷嚷，极力争辩："人老死，人老死，我——他——打。"

他俩一定发生了肢体冲突，但到底是谁打了谁？我这个法官一时半会儿很难从他们颠来倒去、似是而非的表述中做出准确的判断，在事实不清、证据不足的情况下，自然不能贸然判定谁对谁错，谁该受到保护，谁该受到责罚。

他俩见我分不出你对我错，越发激动，就像《西游记》中的真假悟空，满脸仇恨又十分无辜地相互指指点点，嘴里不停地叽里呱啦——指责对方、为自己辩护（我猜的），就差举起金箍棒拼斗了。我虽然是他们的师傅，但我没有紧箍咒，各路神仙（藏族老师）又不在场。我被他俩搞得晕头转向，更分不出"真假悟空"辨不出"谁是谁非"了。

打架就是不对的。

为了维护值周教师的威严我必须表明态度做出惩罚，于是我不管三七二十一，来个简单的一刀切，将争执双方一块拉到操场的旗台下罚站，杀鸡给猴看，警示全校学生这就是打架的下场。

不得不说，我这个办法还是挺有效，警示效果倒也挺理想，就是正义往往得不到伸张，萎靡了受害者的志气，反倒助长了嚣张者的气焰。

告了老师又怎样，你不是和我一样受罚，抠下巴，豆囵（活该）！

受"株连"事件的启发，到我这儿来告"武"状的学生明显减少，他们要舍近求远去找藏族老师告状，要不就哑巴吃黄连忍气吞声。即便是"苦大仇深"非找我告状不可，他们也学聪明了—各自先找一个具有一定汉语表达能力和翻译水平的通司兼"律师"。

于是审判过程成了这样：

两位被告或原告站在我面前。

两位或多位"律师"站在被告或原告的两边。

周围还有"陪审团成员"和看热闹的"群众"。

审判立即展开，"律师"一边听被告或原告叽里咕噜地申述和辩解，一边向我结结巴巴地翻译他们所要表达的意思，时不时发表一下自己的看法和观点。

"陪审团成员"偶尔也会发表点意见，"群众"也会有人自觉充当证人。

扯来扯去，真相终于大白，问题终于解决，"律师"充满了成就感，两位告状的学生如释重负心情愉快，就像大家齐心协力解决了一件了不起的大事，前面的恩恩怨怨一笔勾销，期望对方受责罚的心情也就烟消云散。

我很满意这样的结局，口头批评，不予处罚，皆大欢喜。

可以说，在值周的每一天我的大部分精力都消耗在这些叽叽喳喳、零零碎碎、毫无头绪的小事当中，没有理由，也找不出什么理由，不问结果，也忙不出什么结果。我们就那样没完没了地纠缠下去。

我和学生之间的这种关系，用一部全球流行的动画片表述最为合适。

《猫和老鼠》。

从说话开始

像钻进了死胡同，再也走不出来了。

尽管在语文教学的前进道路上，我_路丢盔弃甲，_而再再而三地削减教学内容，陆续省去段落大意分析、中心思想总结等等沉重"包袱"，最后被迫轻装上阵，降到汉语文教学的最低底线——只教授他们认识汉字、遣词造句、朗读课文，我还是又疲又累，四处瞎摸瞎撞，稀里糊涂地从四通八达的交通要道，走进了墙壁林立的狭窄胡同。

我的语文教学更像是一条河流，学生就是河道。这条河虽然水源充足，但因为流途太远，精力涣散，动力不足，水流不畅，日趋羸弱。而河道因为语言堵塞，水养不足，杂草丛生，变得越来越狭窄。长此以往，河将不河。

这就是我不远千里来雪域高原教书育人必须承受的结果吗？

我不甘心！每当在课堂上心力交瘁、彷徨无措，在接受他们像归还东西一样归还我所教授的语文知识，在承受他们几乎全军覆没的考试成绩时，我的挫败感与日俱增。可是，每当看到他们那一双双天空一样澄明的大眼睛，充满渴望的阳光，我很不甘心！

经过长时间的摸爬滚打，我渐渐明白：学生们就是冬天澄明的湖水，湖面上的一层厚厚的浮冰就是语言隔层，而我就是一个孤独的破冰人。在以往的教学过程中，我举着十字镐在冰层上四处挖掘，尽管挖了不少窟窿，但对于整个破冰之旅意义不大。要使冰层融化，只能唤来语言的春天。而这个春天，必须从说话开始，然后一点点融化浮冰，最终才能看到"天光云影共徘徊"的美丽景象。

有了这个想法后，我从说话起始，从新调整教学路线，并定下一条铁规：在课堂上，必须和我说汉话。

这句话看似简单，落实起来却很难。我在散文《填鸭式对话》中对学生的汉语水平作了大致分类：与汉语基本绝缘的占百分之七十左右；属于"半导体"的占百分之二十七八；剩下的百分之一二，已经能较熟练地使用两种语言，实现生活层面的藏汉双语等量对换。

我明白规矩的落实，除了强制因素，还需要有一定的动力驱动，那就是他们为什么要学习汉语，汉语对他们到底重不重要？因而，在执行铁规之前，在课堂上，我从读书、生活、工作、经商等不同层面，给同学们大讲特讲汉语的重要性，尽量通俗易懂。

他们交头接耳，窃窃私语，好像懂了一些，偶尔还回我一两句话。

"同学们，识点汉字好啊，不然你们到了成都，憋不住尿了，厕所都找不到。"

"我晓得，我晓得！"一个男同学大喊大叫。

"你晓得什么？"

"男厕所'烟斗'的有，女厕所'裙子'的有！"（他说的是厕所门上的标识）说完他得意地仰起头，一脸胜利的表情，引来一片欢快的笑声。

我也忍不住大笑起来。他们真的很可爱，花花肠子还真不少。

但现实生活中哪有那么多"烟斗"和"裙子"呢？

动员工作自然是一波三折、收效甚微，但铁规还得落实下去。于是，在每堂语文课上，我在教读课文、教授生字、遣词造句时，一改过去的"满堂灌"，而是刻意留出大片大片的空白，让他们来主导学习。要求只有一点：坚决不能说一句藏话。

我的教学策略是：发挥尖子优势，壮大中间力量，带动底层发展。

教读课文最好办，由尖子生负责一句一句领诵，然后一组一组把关。我就在一旁监工，负责纠错。尽管学生们朗读课文时，仍然五音不全、七拱八翘、结结巴巴，像往常一样，但我想要的效果达到了。尖子生很认真，特别是对那些悄悄读藏语搪塞我的人毫不容情，在他们的状告下，朗读终于纯粹起来。

遣词造句难度最大，尽管我已经把生字讲得再明白不过了，仍然有很多学生搞不清楚。而我总又那样不依不饶，抽他们起来给一个个汉字相亲配对、组建家庭。因为汉字同音、同义字特别多，学生闹的笑话自然不少。最困难的要数那些汉语"特困户"，他们抖抖擞擞地站起来，脸憋得通红，舌头上像挽了一截绳子，怎么也解不开，说不出话来。但不说不行啊，老师和同学们都等着呢，不管多久。于是，在无比纠结的搜肠刮肚之后，他们硬着头皮从模仿开始，围绕一个汉字，展开丰富而又离奇的联想，吐出一块块模棱两可的方块字。事情就这样有了转机，他们渐渐变得勇敢和敏锐起来，尽管遣词造句时仍然南拳北腿、前言不搭后语，汉语却逐渐被他们的肠胃吸收，进入他们的大脑和心里。

上完课后，只要有空余时间，我便坐在他们中间，和他们随意拉拉家常，分享彼此的成长故事和所见所闻。在班会课上，我不再一味地强调纪律、教条讲解，而是抽每个学生来讲故事，随便说什么，一句两句也行。上音乐课时，我抛开那些让他们十分郁闷的"1、2、3"，教他们耳熟能详的汉语经典歌曲和流行歌曲，分享他们天生的音乐天赋……

总之，我尽可能为他们创造一个可以倾听和表达的汉语环境。

你别说，这招还挺有效。他们从起初的极度不适应，慢慢过渡到顺其自然。即便是在课堂外他们见了我，不管是问候也好，应答也好，基本上都用汉语表情达意。尽管仍然有一部分学生，汉语表达不畅，他们也会用藏汉混编的语句，力求和我心口相通。随着汉语表达能力的提升，我们之间的交流便越来越顺畅，课堂气氛也慢慢活跃起来，学生的学习成绩随之水涨船高。当然，这是一个长期训练的过程，不可能一蹴而就。

他们的进步，让我更深刻地领悟到：在以往的教学过程中，我们其实一直在舍近求远，本末倒置。没有充足的水源，哪来的江河大海；没有交流对话的能力；哪来的真知灼见；没有丰富的语言，哪来的诗情画意。

风语者

情系远牧场

我有一个夙愿，想到远牧场去看看，如果有时间的话，在那里待上一阵子，和牧民一起放放牛，骑骑马，感受一下牧区天高云淡、自由自在的生活，那该有多惬意！

可是，我这个想法就像一只老母鸡，在我的脑子里"咯咯咯"地叫了好多年，就是孵不出蛋来。就在老母鸡已经快叫不出声来的时候，我很偶然地得到一次机会——随同一个工作组去阿坝镇七村远牧场，检查验收一个产业发展扶持项目。

在去阿坝镇七村远牧场之前，我就曾听人说过那个地方，离县城很远很远，且又不通公路，要骑马走个一天两天，才能到达那里。临行前夜，我既兴奋又忐忑，心中充满了美好向往，又对此行的艰难有些担忧，我特意追问领队："我们要骑马吗？"

"骑马！不不不！今年国家投资了700多万，修了一条路，远牧场通车了。"

这让我大感意外，多少还有点失落，但转念一想，这样也好，在日渐萧凉的十月天，冒着阴冷的风，在无遮无掩的茫茫草原上骑马晃荡个一天两天，也真够受罪的。坐车虽然没什么浪漫情调，但能很快实现我的愿望。

第二天我们早早从县城出发，过了几个村寨，便进入那条新修的路，路面倒是平整，就是那个弯弯绕绕啊，像一根理不清头绪的肠子，就在那起伏不定的山原中缠来绕去，而我们的车子就是这根肠子里蠕动的一块顽固不化的生铁。眼看要翻过一座山坡了，却突然遭遇一个急弯，被迫掉转头来，如此反复无常，无始无终，把我们的脑袋都给绕晕了。终于，在两个小时之后，领队说再翻过一座大山就到了，我们的精神为之一振，心想快了，可是到了山顶向下一望，我的天啦，下山的路那个纠结，用手一搓，就能搓出一把麻花来。

好不容易到了山脚下，出现了几顶帐篷，村委书记甲木措、村长桑机、会计阿足和几个牧民已经候在那里了。他们热情地凑上前来，紧紧握住我们的手，不停地说着耳嘎踏（辛苦了）！并把我们领进一顶简陋的帐篷，坐在温暖的火炉边的垫子上去，屁股还未坐稳，便硬塞给我们一大堆饮料和饼干之类的零食，还上了好几盘亚豆炒牛肉，每人满满舀了一大碗米饭。他们一边愧疚地表示没什么像样的东西招待我们，一边不停地催促我们吃喝，热情得真让人有些受不了。

我一边吃一边好奇地问："这就是你们的远牧场啊？"

"不是喔，还远着呢，还要进沟二十来公里，那里还不通公路呢。"甲木措憨厚地笑笑说。

"喔，真远，"我感慨道："这条路也真够纠结的。"

这时坐在一旁沉默寡言的村长桑机严肃地对我们说："这条路来之不易啊。"有一次他去找一个领导，"他说，领导，为我们远牧场修一条路吧，没有路，村里有几十个不该死的人死了。"

"人都是要死的，哪个该死，哪个不该死？"领导显然误解了他的话。

他急忙解释道："因为没有路，山上一些牧民突然得了急性阑尾炎之类的疾病，等到家人把他们背下山，还没走多远，就给活活痛死了。要是有条路的话，他们就可以尽快赶到县城就医，他们的命就可以捡回来了。"

领导深受触动，拨了一笔巨款，专门为他们村修了这条"生命之路"。

我的心突然沉重起来。在我们眼里，在我们的想象里，在我们的笔下，牧场，特别是那些偏远的牧场，因为离天最近，和大地最亲，被我们想象成理想的天堂，赋予诗歌的优美意象，充斥在我们泛滥的抒情文本之上。其实，真实的牧区，被寒冷的风雪包围，被天地的广阔限制，被人间的疼痛折磨，苦难是他们生活的一部分，甚至是最重要的部分。

令人安慰的是，党和政府看到了他们的痛，不光为他们修了路，实施了帐篷新生活，发放了帐篷、炉子、太阳能电池、马背电视等等，还在县城给他们划了一块大大的地皮，扶持每家每户修建了温馨的牧民定居房，还将他们整村纳入农村低保、医疗保险等等一系列惠民政策，我们此行的目的就是检查验收国家为七村投资 60 余万元实施的产业扶持项目——购牛。这一切的一切，目的只有一个，让牧民群众过得越来越好。

　　吃完饭，我们便走出帐篷去山坡看牛。天真冷，还没到大冬天，便已经能嗅到冰雪冷漠的气息，幸好我有先见之明穿上了厚厚的羽绒服。我们沿着公路走了好长一截，眼看着牛群就在我们头顶吃草，就是上不去，修建的公路切割出来的高坎阻隔了我们。正在一筹莫展的时候，一辆挖掘机开了过来，甲木措突发异想，让司机将我们送上去。司机轰轰隆隆地降下铲斗，让我们爬进去，然后又轰轰隆隆地慢慢升起来，抵在高处的草地边缘，我们便一个拉一个地爬上去。周围的牧民觉得很新鲜，也跑来过一把瘾，有的甚至干脆顺着那根撑起来的手臂爬上去，很是热闹了一番。

　　站在已经微微泛黄的草地上，放眼望去，庞大的牛群赫然出现在我们眼前，像一团黑色的云雾，缓缓地在山坡上游离，与天上洁白的云团形成了鲜明的对比。它们是那样悠闲地埋头吃草，完全不理会我们的到来，好像我们就根本不存在一样。

　　我内心的诗意恰如其分地升腾起来。

　　突然，我身边的一个牧人大声呼唤起来："啾咯、啾咯、啾咯……"

　　所有的牧人也跟着大声呼唤起来："啾咯、啾咯、啾咯……"

　　这一唤可不得了，那些埋头吃草的牛，像是受到了重大刺激，全都噌地抬起坚硬的头角，鼓起铜铃大眼，齐刷刷地盯着我们，一股海潮般威严的气息扑面而来，唤醒了我内心的胆怯，我敏锐地捕捉到一种不祥的信息，有事要发生了。果然，就在我们头顶的山坡上，突然冒出一头罕见的白色牦牛，撒开四蹄，疯狂地向我们俯冲下来，全身的白色长毛，忽地腾飞起来，吓得站在最上头的一个姑娘大惊失色，慌忙躲避。紧接着，满山坡的牦牛也跟着狂奔起来，如泛滥的江河，轰隆隆地，向我们猛扑而来。

　　我们一时搞不清楚出了什么情况，全身的血液捌地奔跑起来，内心的恐惧轰地达到高潮，双腿不由自主地逃向牧人的身后。与我们相反，那些牧人倒像是迎接亲人的到来，面带微笑，张开双臂，摆出拥抱的姿势。

　　很快，疯狂的牛群冲到我们跟前，并迅速地安静下来，把我们团团围住，让我们无处躲藏。这是我第一次与一群牦牛保持这样近的距离，它们壮硕的身体，旺盛的活力，以及那钢铁一样坚硬匕首一样尖锐的牛角，是那样猛烈地震撼着我，威慑着我，逼迫着我。我恐慌地看着眼前黑压压的一群牦牛，森林般茂密的刀叉，脆弱的心像一根扶不起的稻草紧紧贴服在地面。在如此强大的生灵面前，我就是一只内心弱小的麻雀，小心翼翼地提防和躲避着每一头牛每一把刀每一个威胁的逼近。一些顽皮的牛，像是有意炫耀着它们的勇猛，竟然在我的面前相互冲撞起来，刚硬的头角碰撞发出的"咔咔"声，让我内心的骨头在瞬间断裂，吓得我们恨不能挖个地洞钻进去。

这让我更加羡慕甚至嫉妒那些勇敢的牧人来，他们是那样自由自在地穿梭在强大的牛群中，是那样轻松自如地抓住一头牛的精角和耳朵，像摆弄一架庞大的玩具、捉弄自家的小狗那样的得心应手。人与人的距离，天与地的距离，生存与生存的距离，就在这一刻，被活活地撕裂开来。

逃离是我们最好的选择。可是，那群牛像是意犹未尽，一步步地紧跟在我们后头，我们走得快它们也走得快，我们走得慢它们也走得慢，更像是相送熟识的朋友和亲人。当我们溜下高高的坎子，站在安全的地带，再心平气和地回望它们时，它们仍端端正正一动不动地站在上面的山坡上，眼巴巴地望着我们，那高大的身躯和尖锐的特角在蔚蓝的天空中勾勒出嵯峨的大山轮廓。

不知怎的，我的内心突然升腾起一股难以割舍的庄严情感，我突然想起那些装在大卡车上运往外地的死气沉沉的牛，那些站在屠宰场的血泊中眼睁睁地看着同伴一个个痛苦死去的牛，以及我家门前那条一到秋天便被红色的污血灌满的河沟……

它们曾是那样不经意地从我的生活中穿过，无声无息。

我回过头来问了一个很傻却很实在的问题，向那个被白耗牛惊吓的姑娘。

"站在一群耗牛的中间，你有什么感想？"

她想了一会儿，骄傲地告诉我："就像是一个斗牛士。"说着还撩了撩脖子上的红纱巾。

斗牛士？我笑了："恐怕你巴不得在瞬间缩小，直到牛看不见你。"

周围的人哄地笑了。

在笑声中，我突然听见我的内心说了一句话：

对生命保持一种崇高的敬畏，然后你才慢慢懂得它们。

送别我们的亲人

水流来了也会流走
人即有生也就有死
水要还流来又流走的债
人要还生和死的债

——摘自释比丧葬词

每次回老家，见到那些我日思夜想的亲人们，我的心总是暖开了花，可是，在春暖花开、情意绵绵的同时，我的心又被一种无奈的现实黯然中伤。那就是我那些曾经年轻、漂亮、风光过的可亲可敬的长辈们，一个个弯腰驼背，面容沧桑，病病哀哀，日渐苍老颓废，拿他们自己的话说，已是黄土埋半截的人了，没几天好活了！她们的大去之期不远矣，我还能见到她们几次！

人世间最痛苦的事，莫过于亲人永逝，生离死别。可是，现实就是这样残酷，生死有命，就像释比丧葬经里唱的那样："能飞上天的人，能浮在水上的人，能拿白石头黑石头做法事的人，能把长矛拧成疙瘩的人，能把火钳断成九截的人，该病的时候要病，该死的时候要死。"更何况，我的长辈们只是一个个普普通通的农民。她们一天天看着盼着我们长大，而我们却只能一天天看着等着她们老去，直到有一天，仓促地离开我们。我不愿看到这一天，也不敢看到这一天。可是，不能啊！山老了要垮，树老了要空心，河老了水要枯，人老了要死。我们必须接受，也必须面对。该来的总要来，该去的总要去，没有什么可以阻挡的。

就在去年七月底的一天凌晨，出差在外尚在睡梦中酣畅的我，突然接到一个天大的噩耗：我最亲最爱的大娘（父亲的姐姐）死了。我的心一下子坠入了冰窖。当我和几位亲友急忙急火、远天远地赶到那个叫木耳寨的小地方时，天已昏暗下来。在大娘家门口的过道上，一群本地的乡邻，间杂着一些戴白孝帕的人，坐在一拢硕大柴根燃烧的火焰周围，为这个梦一般寂静的山寨增添了几分不同寻常的热闹与凄凉。我们心有戚戚地下了车，梦游一般走过去，大娘的两个女儿又哭又说地迎了上来，场面顿时一片混乱。当我在悲泣人群的簇拥下，一脚跨进门槛，亲眼看到摆在堂屋中的那具黑棺材，我的心终于相信了，我再也控制不住内心的悲伤，泪流满面，放声大哭。那是我永远摆脱不了的黑色噩梦。在我很小很小的时候，我就很害怕看见那一具由几片又肥又厚的木板组成的匣子，装人的匣子，仿佛那不是木头，而是死亡本身。可是，它总会不断地出现在我的视野，在活人的世界里堂而皇之地占据一席之地。我的舅爷和寨子里的许多老人一样，在有生之年就在计划他的死，死后穿什么老衣，坟地安排在哪里，甚至还亲自动手为自己打造一具这样的匣子。他对远远看着的我轻松愉快地说："孙娃子，不要怕，有什么好怕的，不就是几块棺材板嘛，那是我为自己打造另一个房子。"我不愿也不敢见到这样的房子。而现在，不管我愿不愿意，我的大娘继我的爷爷奶奶之后躺进了这样一个结实笨重的房子，虽然她还暂时停留在她为之忙碌一生的屋子里，可是，她与这个世界，与她的儿女，与我们的人间缘分，就这样被几块木板轻易地隔绝了。从此，我们失去了一位最亲最亲的人。我突然明白，我害怕的并不是棺材，而是亲人们的远离。我跪在大娘的棺材前一边焚香烧纸，一边述说别离，一边号啕大哭。直到心中淤积的悲痛得到释放，我才渐渐平静下来。

吃晚饭的时候，从老家立壳来的几位长辈便在席间郑重商讨如何办理大娘的后事。我们羌人是很重视死的，把修房造屋、结婚生子和老死入土列为人生的三件大事。不仅如此，还把丧事当成一件喜事来办，我们将其与婚姻大事统称为"红白喜事"（红即婚事，白即丧事，不管红与白，都是喜事），为此我们都要好好热闹一番，决不能将将就就。从中我们不难看出羌人知天遵命、乐观豁达的人生观。几位长辈说，按照祖辈定下的老规矩，由"人主"（死者娘家的三代血亲以及同姓家门，我们称之为"内三圈"）共同筹钱为死者购买鞭炮、钱纸、香蜡、黄伞、花圈等等，并七嘴八舌、追根溯源罗列出一长串"人主"的名单，生怕漏掉一个人，让人家见外。"人主"这个词语我并不陌生，但现在听来却觉得格外亲切与生动。这是一项多么富有人情味的传统啊。一个羌人的一生，好似一株植物，他的根系深深扎在肥沃的土壤里，他的祖脉根源与血脉亲情，不断向他输送爱的营养，滋养、呵护他的一生。就连他的死，也离不开那片土壤的滋养，离不开血肉亲情的关爱。这是一种血脉亲情的认同，也是一种俗世情感的延续，更是生死相依的承诺。有了这个传统，发散的枝叶回归到了大树的身边，平凡的情感超越了生存的界限。在生活困顿不堪的年月，还缓解了死者家属的经济压力。我们都很乐意成为"人主"，我们有责任也有义务送过世亲友最后一程。"人主"名单理顺后，我们便又非常郑重地安排每一件具体事务。目的只有一个，就是热热闹闹、顺顺利利、高高兴兴地将大娘送上山，让她老人家欢欢喜喜地来到这个世界，又欢欢喜喜地离开。

到了晚上，为了让她老人家不感到寂寞，我们还要守灵，陪她老人家过夜。打牌、看电视、喝酒，一样也不能少，能多热闹就多热闹。

第二天整整一天，听闻噩耗陆续赶来吊唁的亲戚朋友，照例是在大娘的两个女儿撕心裂肺的哭唱声中，焚香烧纸，磕头跪拜，失声痛哭，惹得周围观看的人也跟着稀里哗啦地抹眼泪。有的亲友甚至抱着棺木呼天抢地、捶胸顿足、号啕大哭，痛不欲生，周围的人怎么也劝解不了。那情景真是凄凄惨惨戚戚，让人不堪目睹，不忍耳闻。我不知陪着哭了多少回流了多少眼泪。

天擦黑的时候，亲戚朋友几乎都赶来了。主人家便给每个孝子分发一根白孝帕，挽结在头顶，垂吊在腰间。这是我们羌人的一大习俗。我们羌人非常崇尚孝道，孝是我们羌文化的核心，而戴白孝帕就是其中的主要内容和形式之一。据我有限的认知，为死者披麻戴孝，不少民族都有这样的传统。因为羌族妇女有盘头帕的风俗，这项孝文化便体现的更为彻底。在我的印象中，我的奶奶过世后，我的大娘二娘，一辈子也没有将那根白孝帕从头顶取下来，她们用这种独特的方式来祭奠缅怀自己的母亲。将这种孝文化演绎到极致的，要数茂县黑虎羌寨的羌人，她们为了祭奠缅怀保卫家乡战死沙场的民族英雄黑虎，不仅把寨子命名为黑虎，还世世代代延续戴白孝帕的风俗，让后世子孙永远不要忘记黑虎将军的恩德，我们称之为"万年孝"。而现在，大娘为奶奶戴着的孝帕还没取下来，我们却不得不为她戴起了孝帕，这是一件多么令人痛惜的事情。人世间的生死，就是这样无情，我们不得不一次又一次逼近死亡的门槛，亲自护送自己的一个又一个亲人走向死亡，然后又被自己的亲人送走。而维系我们的疼痛与哀思的就是那一张张普普通通的像雪一样苍白的布。

孝帕分发完毕，一些人便把用土豆挖出来的一枚枚像模像样的灯盏，整整齐齐地摆放在棺材一头的方桌上，在每个灯盏的中间插上用棉花搓出来的灯芯，再添上清油（清油是由"人主"提供的，一人一瓶），全部点燃。我们称之为点冥灯。于是，数十星闪烁不定的火苗，在一片狼藉的哭诉声、吵闹声、诵祷声中，犹如幽冥清冷的灵魂，在我们的眼前和心中无声无息地恍惚。像梦又不是梦。

第三天，是大娘在这个世界上的最后一天，到了下午，她就该和我们永别了，就该和这个世界永别了。因此，现场的气氛明显的不同往日，离愁别绪更加浓郁。

九点过，寨子里的年轻人便爬到寨子的后山，在她家的田坎一角，看了风水，选了坟头，然后动手挖坟坑。十点左右，大娘立壳娘家的所有亲友和乡亲都赶来为她送行来了，但我们并不急于进寨子，而是在寨子外面的公路上，做一系列准备工作：在长长的木杆上缠绕鞭炮，分发佩戴孝帕，整理花圈，排队列阵。这样隆重其事，有两层意思：一是向他们显示死者娘家有的人，她并不孤独；二是表示对死者最大的尊敬。等出发的鞭炮炸响，抬棺材的，顶黄伞的，顶花圈的，送行的，依次排列，归成一条长龙，浩浩荡荡地向寨中进发。"轰隆隆"的鞭炮声，此起彼伏，惊天动地，震耳欲聋；古老悲壮的哀歌，惊心动魄，牵肠挂肚，催人泪下；浓浓的硝烟，四处弥散，遮天蔽日。那场景真是悲壮之极啊！当我们牵引着悲壮的洪流、穿过浓浓的迷雾踏入村寨，远远看见，在大娘家的门口，她的孝子孝孙们头戴白孝，双手持一炷香，齐刷刷地跪在我们的当面，迎接我们的到来时，我们内心悲愤的河流再也控制不住了，轰地冲破堤坝，一泻千里。当两支悲伤的河流猛烈地汇合在一起，那惊心动魄的爆炸声，那催人断肠的痛哭声，那撕心裂肺的哀号声，搅得天昏地暗，大地摇晃。

依续民族传统风俗，寨子里要大摆宴席，款待慰劳远道而来送葬的客人和娘家人。这不仅仅是吃饭的问题，还包含这样几层意思：一是共同"庆祝"死者的仙逝。我前面已经说过,我们羌人把婚事与丧事统称为"红白喜事",把丧事当喜事来办。这充分体现了我们羌人知天应命、视死如归、乐观豁达的人文精神。二是创建一个沟通、续接情感的平台,娘家人与婆家人不能因为亲人的离世而淡化了情感、失去了关联。三是从集体的温暖中得到失去亲人的精神补偿。因此,整台宴席,在一种闹哄哄、暖乎乎的气氛中进行的。大娘的婆家人,她的儿女子孙,不停地在席间转来转去,一桌桌地嘘寒问暖,劝吃劝喝,联络感情,诚心敬酒。而我们则忙着以同样的方式回敬他们。席间,一些年迈的老者,还会两两组合,唱起一种古老、悲壮、艰涩、庄严的酒歌;所有人还会男一声来女一声,对唱起一种悠远、哀怨、动人的哀歌。把整个宴席推向高潮。

宴席中还有一项非常庄重的风俗,那就是大娘的子孙们还会一起来"上礼"。他们有序地排成一列,每人双手握一炷香,举在胸前,来到宴席中央,吵闹的场面顿时安静下来。领首的孝子神色凝重,扯着嗓子一板一眼高声大喊一通话。大概的意思就通告一下大娘的生卒年月、生平经历、家族贡献、死亡原因、后事安排,以及对前来送葬的亲戚朋友表示感激之类的话。有点像念悼词,但比悼词更通俗易懂,情感更真实饱满,人情味更浓郁深厚。在场的人无不动容。通告完毕,所有的孝子便齐刷刷地跪在我们——大娘的娘家人面前,腰杆挺直,神情庄重,目光诚恳,等待我们的回应。不用我多嘴,我想你也可能猜得出其中的奥妙。所谓的"上礼",实际上是"上话"。他们的话,是专门说给"人主"以及所有的娘家人听的。他们是给我们一个交代。我个人觉得这是一项很好的风俗,以一种独特的"礼"来宣告死者的"死",给死者婆家一个交代,既容易让人接受,又渲染烘托了气氛。但其中的隐患不容小视,要是死者(特别是早夭的年轻人)并非正常死亡,死因蹊跷或是有遭陷害的嫌疑,悲愤的娘家人,要是借着酒劲发起疯来,正好可以群殴,那情况就不可收拾。还好,这样的情况并不多。对于大娘的不幸逝世,我们并没有什么可以苛责的。大娘是一个苦命人,劳累了一辈子,也被病魔折磨了一辈子,到了老头上,几次从死亡线上捡回一条命来,要不是儿女子孙孝顺,几年前就见了阎王了,能熬到今天,已经不错了。于是,我们中的一位长辈站起身来,先对大娘的不幸逝世痛惜一番,然后表达一下对儿女孝顺、丧事办理的满意,最后同样对前来送葬的亲戚朋友表示感激。等他表达了心意,邀请所有人共饮一杯悼念的祝福的酒，孝子们才站起来。

因为离大娘上山的时间越来越近了，我们的难舍之情陡然倍增，生离死别的悲凉与惆怅更加浓郁，就连空气中也灌满了铅一样沉重的哀伤。宴席散后，我们自发地来到灵堂里，围坐在大娘的周围，整整一下午，男一声来女一声，反反复复，翻来覆去，不停地齐声高唱几首古老悲怆的奠歌，借以表达我们的不舍、悲痛与哀伤。

我记得有一首是这样唱的：

> 一兹嘛呢一万佛
> 一万五千嘛呢佛
> 点冥灯
> 烧冥香
> 念的是嘛呢佛
>
> 二兹嘛呢二万佛
> 二万五千嘛呢佛
> 点冥灯
> 烧冥香
> 念的是嘛呢佛
> ……

这是一首十分简朴的奠歌，除了每小节前两句的数字依次递增，从一轮到十，内容简单明了并无变化，而且曲调也很简单，但却朗朗上口，铿锵有力，声情并茂，极富感染力。也许，在这个世界上，越简单越朴素的情感，越真挚越能打动人。我们就那么一遍又一遍不停地唱啊唱，直唱得自己内心悲凉，泪流满面。

我们多么希望就这样一直不停地唱下去，唱下去，直到天荒地老，时间消失。可是，时间像是有意和我们作对，抑或是不忍心关照这段人间悲情，把我们从这种悲伤的困境中解脱出来，很快，生死离别的最后时刻最终还是到来了。当寨子里的年轻人开始在门口"噼里啪啦"地做上山的准备工作时，大娘的妹妹再也控制不住内心的悲伤，猛地扑在棺材上，紧紧抱住棺材，抱住自己的姐姐，又哭又唱起来。

我的亲亲姐姐哦
你咋说走就走了哦
你走了我该咋个活哦
我随后就来看你哦
我们到阴间再相会哦

我的亲亲妈妈哦
你的大丫头陪你来了哦
你不要责怪我们哦
我随后就来看你哦
我们到阴间再相会哦
……

那声嘶力竭的哭喊，那发自肺腑的说唱，那失魂落魄的模样，让人心如刀绞，痛入骨髓。现场顿时一片混乱，哭的、唱的、说的、劝的、拉的、磕头的、焚香的、烧纸的，那个悲伤啊！

寨子里的年轻人狠心地拆了焚香烧纸的锅台、桌子上的冥灯，"嘿嘿嚯嚯"地把棺材抬到门口支好的条凳上，然后揭开棺盖板，让所有人再见亲人最后一面，告一个别。但有一个硬性要求：决不能哭泣，更不能掉眼泪，那样对死者不好。我们压抑着满腔的悲伤，强忍着在眼眶里打转的泪水，有序地围着棺材转上一圈，直直地看着亲人的脸，心中默念着亲人一路走好，然后默默地迅速走开，远远地站着抹眼泪。可是，有些亲人实在按捺不住内心翻腾的悲伤，没走上几步，便一扭头冲出人群跑得远远的，跪在地上号啕大哭，那情景凄惨极了。而后，年轻人们合上棺盖板，"叮叮咚咚"地钉上钉子，这个人，我的亲亲大娘，就这样永远离开了我们，从这个世界上彻彻底底地消失了，永远不见天日了。

等上山的鞭炮轰然炸响，丢买路钱的，顶黄伞的，举引魂幡的，扛花圈的，手持棍棒的娘家的男人们，抬棺材的，送葬的男女老少，有序地排成一条长龙，浩浩荡荡地向寨子后山进发。娘家的男人们一边走一边齐声

高唱一种古老悲壮、气势恢宏、荡气回肠、震撼人心的送葬歌；寨子里的
年轻人也毫不示弱，他们一边马不停蹄、前赴后继、轮流替换着抬棺材，
一边也大声武气的合唱着古老的送葬歌，大有和娘家男人一决高下的意思。
在送葬队伍里最辛苦的自然是这帮抬棺材的年轻人了。一口厚重的棺木少
说也有七八百斤，而且不管上山的路再远再陡再烂，他们也不能停下来歇
一口气，只能沿着前面的人买下的路，一鼓作气，不停地轮换着肩膀，展
开一场艰苦的接力赛。他们体力耗费可想而知。因而，不管是娘家的还是
寨子里的男人们，在唱送葬歌的同时，还会间歇性地高吼一种既能激发斗
志又能表达悲愤之情的号子：

　　　喔—吽（一个人先高吼一声），
　　　吽（紧接着所有人跟着应和），
　　　喔——吽（那个人接着吼），
　　　吽、吽、吽、吽（所有人跟着应和）……

　　那声音尖锐、悲绝、惊天动地、直插云霄。与此相反的，就是那群跟
在屁股后头的老少妇女，他们的柔软啼哭，就像没有骨头的水，肆意漫海，
湿透日月山川。

　　到了坟地里，寨子里的年轻人终于可以喘一口气了，他们停下棺材，
吸一支烟，歇一小会儿，然后才开始下葬。而妇女们则远远地跪在田地的
那头，面朝坟地的方向，泪眼迷蒙地看着忙碌的我们，哭成一团乱麻。他
们先在坟坑里铺一层燃烧的冥纸，寓意把坑捂热了，然后才合力将棺材平
放进"温暖"的地窝子里，抽掉木棍和捆绑的绳索。下了棺，在场所有戴
孝帕的人立即将垂吊在腰间的孝布收起来，盘绕在头顶上，我们称之为"收
孝"。而后，一个年轻人站在棺盖板上，用铁锹铲三撮土，倒在棺材中间
和两头的脊梁上，见泥土并未向两边下滑，意味着棺材放平了，其余的人
便跟着往坑道里填土，只一会儿工夫，棺材便被扎扎实实地封存在大地之
中。接下来，人们开始接力输送石头，堆砌石碑，很快，大地之上就多了
一座高高隆起的崭新的坟堆。从此以后，我们和逝去的亲人，天上地下，
阴阳相背，生死两隔，唯有那一堆坚硬的石头，像一个固定的坐标，清晰
地标注着亲人占据人间的位置，牢牢地牵引着我们脱离人世的情感。

埋葬了亲人之后，我们还要举行一项独特的友谊赛，那就是娘家的男人与寨中的男人比赛"打杆"。因为抬棺木需用两根长长的粗壮的木杆，依照禁忌，抬死人的东西不吉利必须烧掉，而长长的木杆即不容易着火燃烧，烧起来也很费事，因而必须折断成几节。正好娘家人与寨中人各一根。双方自然都会派出身强力壮的选手上场，也有那么一些自告奋勇者想来试试自己的身手。比赛选手需将木杆高高举起，与身体保持垂直，然后猛力将它击打在前面竖立的一块尖锐的石头上，借助臂力、木杆既坠的重力和石头的阻力将它折断。一根木杆大概也就六七十斤的样子，并不算很重，可是要抓住它的一头将它长长的腰身稳稳地垂直竖立起来并不容易，只见一些选手憋红了脸，步履蹒跚，摇摇晃晃，好不容易将木杆勉强举起来，可是因为基础不牢，重心不稳，劲道不足，加之平衡失度，木杆飘乎乎地落下去，只在石头上磕出一个小小的皮外伤，惹得周围观看的人爆笑不止。当然，行家一出手，那情况就完全不一样的，木杆举得又高又直，砸得又猛又狠，断裂得又响又脆。赢得人们的啧啧赞叹。

接下来还有一项"重口味"的事，那就是在木棍头子上串起一块煮熟了的猪膘，一串送给娘家人，一串送给老人与孩子，一串送给"乡帮"（寨子里帮忙的人）。老人们说那是死去的亲人慰劳我们的，必须吃，不然对不起亲人的一番心意。可是，那猪肉肥墩墩、油腻腻的，看着就让人心头憋闷，谁能吃得下去。很明显，这又是一出由传统逐渐演变而来的善意的"恶作剧"。又是一阵闹腾与欢笑，最后，那肥腻的猪肉还是被燃烧的火吞了去。

第四天"复山"。

这一天，我们早早来到坟地，按照祖辈的规矩，每个亲人在大娘的坟头上培三撮土，铺上厚厚一层软泥。我们便又在坟堆的石缝里和坟头上夹满一张张黄黄的冥纸，然后又跪在大娘坟前烧香焚纸，磕头跪拜，以表达我们的深深哀悼。

昨日被折断的木杆和娘家人拿来的木棍，已经蓬起一笼大火。寨子里的人便又忙着焚烧大娘生前穿过的衣物和一些不能带走的孝帕。

而后，寨子里的男人便摊开场合，打牌，喝酒，很是热闹。而寨子的妇女们则忙着在旁边的小溪边，造锅，洗菜，切肉，准备一顿丰盛的午餐。

这一切的一切，不像为亲人送行，倒像是陪她老人家过一顿野餐。

　　可是，当我吃完这顿永生难忘的野餐，最后在亲人的坟前磕三个重重的响头，挥泪告别我的亲人，握住每个乡亲粗糙的双手，在他们绵如细雨的告别声中，一步一回头，慢慢离开他们，慢慢离开这个含情脉脉却又暗含忧伤的寂静的小山寨时，我的心才渐渐苏醒：

　　我正经历了一场生离死别的人间大戏，当我从这出永不谢幕的戏剧中抽身出来的时候，才发觉我的丧亲之痛才刚刚开始。

风语者

风，连绵不绝无休无止的风，吹遍整个世界的前世今生。

在这个世界的一个小小角落，古印度后期吠陀时期一个叫迦毗罗卫国的小国里，有一个大彻大悟的人，正盘腿端坐在一株殊胜的菩提树下，手持经卷闭目禅思。突然，一股奇异的大风吹来，刮走他手中的经卷，在风力的撕扯下，经卷碎成千万片，像翻飞的蝴蝶，飞向世界各地，落到那些正在遭受苦难的劳苦大众手中，于是，幸福像花儿一样绽放开来。

这个人就是佛祖释迦牟尼。当佛祖释迦牟尼的福音驾着神风，穿越千山万水，穿透历史迷雾，飘落在世界屋脊青藏高原广袤无边的雪山草地上时，像蒲公英播下的种子，大山回荡的和声，在冰冷无极的高山大川上，在心平如镜的圣湖边，在峰回路转的岔道间，在向天仰望的人丛中，在藏民们的心尖上，迎风生长起一种独特的风物，牵起生命的绳索，张开心灵的翅膀，站在风口浪尖，向着风的方向，如上天的阶梯，似灵魂的旗帜，日日夜夜，岁岁年年，等待神风的到来，期盼神风的归去。

这种迎风生长的风物就是经幡，藏语叫隆达，因为"隆"在藏语中是风的意思，"达"是马的意思，人们更习惯称它为风马旗。

风马旗是青藏高原上一道独特的风景。如果你来过藏区，你一定印象深刻，无论走到哪里，你都会看见它们，一片片，一串串，一丛丛，张开五颜六色的翅膀，扯起轻舟远扬的风帆，撑起神秘梦幻的天堂伞，在你经过的每个路口，在你翻越的每座山顶，在你邂逅的每座白塔，在你朝觐的每个寺院，静静地等着你，等着你。即便你没来过藏区，你也一定在电视上见过它们，在天空永恒的蔚蓝里，在大地苍茫的躯干上，或懒懒散散地晒着高原永不褪色的阳光，或迎着喜马拉雅的雪风飘飘扬扬，在你心灵的某个路口等着你。只要你亲眼看见它们，你的身体和灵魂便会瞬间净化，无声消融，轻若蝉翼，幻化如风，迎风起舞，向着天堂和梦想的地方，越飞越远，越飞越高。

是什么吸引了你远渡的目光，引领你随风起舞，飞升世外，向着梦幻的天空？是那一面面轻飘飘的旗帜，还是那来去无影的风？

也许你说不清楚，你只是受到一种来自灵魂深处的神秘力量驱使，自由地，散漫地，甚至是盲目地，和风马旗一起随风起舞。

有一天，当我像秋天无心跌落的黄叶，被另一股风，吹拂到布满风马旗的地方，一驻就是十多年。我渐渐懂得，其实在人灵魂深处某个湿润的地方，都生长着一颗生命树，无形无色，却生命力旺盛。而风马旗，就是那些被信仰充满的藏族人，借助传说的风力，将它们从灵魂深处物化移栽到现实的土壤上，风是它们动力，风也是生命树蓬勃生长的命力。不然，对风马旗一无所知的你，怎会那么自由自在、自然而然地和风马旗融为一体。

我们还是一起来看看风马旗吧，它们飞翔的翅膀大多由方形、角形、条形的五色布制成，也有麻纱、丝绸的，小可到一条一缕，大可到整匹整幅，或串接于绳，或披挂上阵，视其环境、地势、用途张挂，可长可短，可疏可密，长者达数百米以上，密者数十上百层悬挂，有的还组合形成规模宏大、经络纵横、占地数百上千平方米的经幡城；或攀附于木，昂然挺立于寺院、佛殿、经塔、山顶、村口、宅院、神山、圣湖、山道上，有的还成片林立、密密匝匝占据整座山坡形成气势恢宏、摄人心魄的经幡林；或以一个支柱为圆心，整匹整幅的经幡由顶端向四周呈放射状发散或层层环绕，形成一把富丽堂皇的撑天大伞般的经幡塔。另外还有一种，那就是纸印"风马"，大者尺余，小者仅几厘米，最常见的就是风马图像印在四五公分见方的纸片上。它是藏民们对天神、山神、赞神和龙神以及佛事祭祀活动时祭献抛撒的吉祥物。这些形制各异、色彩鲜艳的风马，在大地与苍穹之间随风飘荡摇曳，构成一种连天接地、神秘悠远的开阔境界。

只要你稍加留心，不难发现，不管风马旗的外在形式怎样富于变化，它的颜色只有蓝、白、红、绿、黄五种。这五种颜色的幡条串在一起，最顶端的蓝色幡条象征蓝天，蓝天下的白色幡条象征白云，白云下的红色幡条象征火焰，火焰下的绿色幡条象征绿水，绿水下的黄色幡条象征土地。五种颜色的排列形式，正是我们赖以生存的客观大自然物质存在的立体排列形式，因此，像大自然中天地不容颠倒一样，这五种颜色也不容错位。当自然界天地平安、风调雨顺的时候，人间便太平祥和、幸福康乐；当自然界天地失调、祸患连连的时候，人间便灾害重重、民不聊生。世世代代生活在雪域高原的藏族人，受广阔天地的限制，得茫茫草地的恩惠，承漫漫风雪的摧残，他们对大自然的嬗变十分敏感，企盼天地祥和的心愿便自然而然地生长在了他们用灵魂编织的风马旗上，这不仅深刻地揭示了人与自然水乳交融的关系，还绝妙地创造了一个与灵魂对应的心灵自然，这不也正是我们每个人内心深处那份最原初也最本质的不舍恋情和深沉诉求吗？

如果说，色彩的象征还过于隐晦，还不足以彰显我们丰富的内心，那么，我们再一起来看看风马旗上的那些图案吧。常见的风马旗中心有一匹矫健的骏马，驮着燃烧火焰的佛法僧三宝，四周分别是四头神兽：老虎、狮子、鹏鸟、龙。老虎栖息于森林中，老虎的形象象征着木和风；狮子居住在山上，狮子的形象象征着土；鹏鸟飞翔在天空，双角喷发出火焰，这种形象象征着火；龙生活在大海中，龙的形象象征着水。风无处不在，风即天。在这里没有把森林、高山、大地、天空、河水、大海作为六种自然物直接画上去，而把在这些环境中生活的动物形象作为象征，可见它不是仅仅表现六种自然物，而是把它们作为主要内容。中间的骏马是神速的象征。祈愿受六种自然物制约的世间一切事物，由对立转向和睦，由坏转向好，由恶转向善，由凶兆转向吉兆，由厄运转向幸运。而马背上燃烧火焰的佛法僧三宝，就是促成实现人们心愿的如意吉祥。苯教还认为，风马中的五种动物象征人类的五种组成部分，即马象征灵魂（或吉祥），鹏象征生命力，虎象征身体，龙象征繁荣，狮象征命运。说到这里你心中一定明了，风马旗完全是融情感与理性为一体的产物，人类的理性认知、情感指向、心中祈愿，被那些聪明的藏族人以艺术化的手段，多么形象又多么深刻地描绘出来，这不就是我们每个人无可名状却又血肉丰满的灵魂的精神外现吗？

就像一切艺术化的过程，风马旗在不断丰富血肉、酝酿情感的过程中，它的内心——藏民们的心声，便从鲜活的生命体中凸显出来，蝌蚪一样浮游在这片由天地人心构筑的精神空间里。这些蝌蚪一样浮游的生命就是藏文。只要你懂得它们，你一看就会明白，它们是佛陀教言、佛教经文、六字箴言的肉身，是佛陀大慈大悲的指引，是生命解脱轮回之苦的法门，是谋求幸福从天而降的凭信，是藏民们心尖上舞蹈的灵魂……明明白白，干干净净，无遮无掩，自然而然，写在永恒时间的正面，孕育在随风起舞的风马旗中，袒露在天宽地阔的青藏高原上，与整个有形无形的大自然融为一体，与整个生命融为一体。即便我们对风马旗一无所知，只要我们一踏入这片神奇的土地，进入风马旗无处不在的异度空间里，我们就会真真实实地感受到这种超强的生命气场，就会从风马旗张扬的色彩和神秘的图案字符中接收到一种超凡脱俗的生命讯息，引领我们一步步回过头去，拨开杂草丛生的路迹，渐渐抵达内心深处那片隐秘的湿润地带，看见那棵无形无色却生命旺盛的树，迎着喜马拉雅的雪风，梦一样膨胀起来，冲破我们被贪嗔痴紧紧压缩的躯壳，和风马旗一起飞翔。

这是一种多么神奇的自我清洁过程，多么奇妙的超越自我感受，一个人，突然裂变成两个人，或者找到属于内心的自己，抑或是清晰看见自己的内心。我相信，到过藏区的人只要用心感受了风马旗，一定领受过这种超凡的奇迹。只是，我们内心的语境各有不同，现实的表述又千差万别。可以说，我们每个人的内心都有一个属于自己的风马旗，也可以说，我们每个人的内心都有一个属于自己的信仰。

每天我走出家门或是下班回家，出入生活之间，总要经过一些藏族人家的屋子，抬眼就会看见那些花花绿绿的风马旗，在门前的立柱和屋顶上，或清逸地飘动，或奋力地挣扎。在它们身后，蔚蓝深邃的天空，松软洁净的祥云，像切割不开的梦境，镜子般静止。偶尔一栋屋子里，喃喃的诵经声，顺从风的牵引，翻过高高的围墙，一波一波灌入我的耳心。走着走着，我的心便走出了身体，迷失在金灿灿的阳光之中，恍惚穿越一片奇异的森林。在这片离天最近离太阳最近的世界高地上，朴实的藏族人，祖祖辈辈依靠雪山草地的恩赐，接受风霜雨雪的摧残，俯身大地，艰难求生。大自然的嬗变面孔，人生的种种苦难，深深根植于他们的生命之中，并升华为一种哲学，即苦谛。他们相信众生皆苦，不论是天道众生，还是人道生灵，以及地狱的受难众生，享福或者受苦的，其本质都是苦的，故而在六道中，就不能免于因缘聚合，轮回无休，一切无常。还把人生的苦分为八苦，即生苦、老苦、病苦、死苦、爱别离苦、怨憎会苦、求不得苦、五阴炽盛苦。我们何尝逃脱这八苦的折磨，我们是一连串苦难结下的苦果，自然，祈求人生平安如意、时来运转就是我们每个人最根本也最迫切的心愿。当我们把这份执着的心愿深深潜埋心底，像大海中航行却无处抛锚的船只那样茫然时，藏族人在很久远的年代，已经把这种心愿清晰地张挂在头顶之上，任由连绵不绝无休无止的风，一遍又一遍，反反复复吟诵祈福的经文，把他们的声音传递给天空大地，还有冥冥中大慈大悲的佛祖。每当我穿越这片信仰的丛林，聆听那些纷纷扬扬的风马旗，或温柔地述说心中的愿望，或强烈地祈求福报的降临，看着风马旗下那些平凡的生命，坦然接受命运赐予他们的悲欢离合，活得多姿多彩的时候，我的内心就会升腾起一股向上的力量。

那是风马旗带给我的启示：

不管再苦再难，都不要忘记把生的希望，高高挂在头顶的上空。

风吹不息，风吹不走。

雪落大地

九月的草原，正是秋老虎发威的时候，天梦魇般的蓝，太阳泼下热辣辣的火，烤得人虚火上旺，枯草吱吱作响，大地直冒青烟。这是一年中最焦灼也最享受的时光，让人以为冬天还很遥远。谁料，月底突如其来的雪，猛将我们从阳台摔下了冰窖。这样的变故，我们已习以为常逆来顺受了。草原的天气总是以嬗变的面孔肆意摆弄依靠它过活的人们。应对它的最好法子，就是在温暖时顾及着严寒，在饱足时思虑着饥荒，我们早已在舒爽八月备好了冬衣，取暖的炭，越冬的肉，可以坦然越冬了。

雪真是奇妙，不光改变了一个季节，也创造了一个世界。

雪来时，我家的炉灶已升起晚炊的烟火。天幕铅灰一色，细风速流，尘沙浮动。而后，风平，树静，烟尘绝迹，大片大片的雪花，层出不穷，铺天盖地，纷扬而下，大地上的一切物事，皆掩了耳目，失了轮廓，迷失于素洁的白色迷雾之中，就连我的思想也被雾化，不真切地飘浮在头顶。而后，夜来了，因了雪的光洁，薄而透明，白蒙蒙地挂在我的窗前，让我的睡眠也染上了淡雅的气息。

早晨起来，雪已停了，四围起伏的荒漠山丘，门前展平的毛糙河滩草地，与自家院坝、房子、围墙上，全铺了一层厚及半尺蓬松玉洁的雪，整个世界一片银光璀璨。身在这白色旋涡中的我，像是穿越时空站在另一个神秘寂静的世界中心。我兴奋地向河滩跑去，丢下一串深深的足迹和吱吱的脆响。丢下足迹的不光有我，还有一些牧羊人、绵羊、狗、兔子、黄鸭、麻雀、秃鹰，这些家伙皆把它们奇形怪状花样各异的脚板，纤毫毕现地撒在清亮的雪皮上，画出各式各样精美图案。我仔细一一辨认，竟然还有狼的。每年冬季，大雪封山，鸟兽绝迹，靠吃山空的狼，被逼下山靠近人群找寻食物，我曾在一个有雪的清晨，眼见几匹大灰狼，急惶惶地从我家门前蹿过，给我的不只是惊骇，还有惊奇。

太阳还没出来，许是时间尚早，抑或是被蒙上了一层雪，睁不开眼了。天地一片茫白。对面的山丘一改昨日的愁眉苦脸，白馒头似的笑得合不拢嘴。山脚下，七八盒火柴似的方正泥土屋子，随意散落于坡谷平野的积雪之上。无声的阿曲河，反倒因白色的映衬，凝成一弯深沉墨池。不远处的白杨树，平日枝干光秃失魂落魄地呆立着，因了雪的牵覆，突然玉枝舒展，娇柔妩媚，活出了神采，几点乌鸦墨迹，重重地落在树上，敲出无声的音乐，弹下几缕细腻如风的柔沙。而那些浪迹于荒草枯木丛中的黄鸭麻雀，活脱脱地从杂色凌乱的世界中突现出来，漂浮于白雪之上，清脆的叫声在雪皮上清亮亮地滑过，传出很远很远……

看着眼前的景致，我头脑里突然冒出两个相悖的词语：遮蔽与呈现。是雪遮蔽了大地上一切芜杂得让人眼花缭乱的事物和色彩，趋于单一纯净，而在这净化了的大背景里，一些活跃的生命，和不甘落寂的事物，便活脱脱地呈现出朝气蓬勃的生命力，和内在外在的或深沉或清浅的意韵。遮蔽与呈现是一对孪生兄弟，遮蔽必有所呈现，遮蔽是为了更好地呈现。这让我想起中国传统人文山水画，简单的事物，如虾、竹、山、水、石，在或浓或淡的笔墨引领下，脱出白净底衬，宛如蓝空中渗出的几朵白云，灵动飘逸，呼之欲出，格外醒目，富有诗意，惹人爱怜，令人心生崇高的美感。它们的共同之处，便是虚化、弱化、简化或是同化了背景，这样一来，一点猫抓鸟痕也就显山露水了。这犹如聚焦的镜头，主体显要，便背景模糊。这是我们为艺术的基本手段之一。雪域高原的诗情画意也就是在大自然的艺术手段中奇妙生成了。

每年这个时节，便有一些秃头、长辫、髯须、戴遮阳帽和太阳镜的摄影家与画家，不远千里万里辛苦而来，一律穿着数十个口袋的马甲，架着"长枪短炮"，这山那山乱跑，四处"狂轰滥炸"，尽管冻得瑟瑟发抖，嘴里却禁不住由衷地赞美，哇塞，酷，爽呆了，不摆了，OK，OK，简直是人间仙境，无处不画，妙哉，妙哉！于是乎，这山这水这雪，便随那些摄影家和画家离开了故土，漂泊于杂志和展览会交易会上，寄居在人家的水泥墙上，成为众人神往的圣地和精神食粮。一些摄影家和画家因此也成就了自己，他们像是把魂丢在了这片土地上，忘乎所以地长年奔波于川藏线上。我有一些外地的摄影家和画家朋友，便是着了此道，成了"高原艺术"

专业户，

　　赢得一定的声誉，他们几乎年年必来，若是实在脱不开身，打电话也要问问这里是怎么一个光景，还未等我描述个大概，他们便叫天叫地开了，倘不如此，怕是连觉也睡不踏实。

　　其实啊，大家都心知肚明，不管雪景和人文画的境界再高，它不过是人类的精神夙求与自然之间的某种契合，而更多的时候，人们毫不例外地选择了遮蔽，让眼睛远离大地而放任天空。遮蔽不是改变，更不能重塑，我们可以自以为是地虚化、弱化、简化或是同化背景，让心中的形象明如火炬，钟爱的事物成龙成凤，但现实并不会因我们的一厢情愿而轻易改变，即使有所变易，也是潜移默化如蜗牛爬行的。乌云再厚，也挡不住太阳的光芒，我们复杂的生活底色很快如潮水汹涌过来，更何况，我们已在这大染缸里染得一身杂色，心中保留的那么一点点净土，一遭内外夹攻，败阵与否就不好说了。就说这雪，别看它遮蔽这个世界的手段是那么神通广大，一副无可匹敌的样子，实质上，它不过是看似温顺却暗藏冷兵器的固态水，消失只是迟早的事情，何况这种一刀切的方式，会让一些事物模糊真理的概念，只会简单的思考和呈现。更别说在它下面潜伏着的是坚实而躁动的大地，在其上活动的是生龙活虎的生命。当这一切兵戎相见时，这幅画卷便复杂而多义起来。

　　人类最容不下他物侵占自己的地盘，我们喜欢甚至迷恋雪子潇洒飞舞和落定铺排的诗情画意，却不能容忍雪落在自己逼仄的生存空间里，而雪却是那样肆意将它携带寒毒的结晶体摊派积压给我们。我家地盘和大多数人家一样，围墙四合，院前屋后，屋子坐南朝北，门脸一律是透亮的铝合金玻璃窗。这样的建制，充分显示我们对阳光的依赖。一到冬天，便显出它的难堪，门脸倒是享受，从早到晚，阳光不离，暖暖和和，屁股就遭了罪，冷冰冰地躲在自己屏障的阴影里，鲜有阳光，阴气逼人。即使不下雪，后墙内壁也水漫　冰凌四起，壁柜里的衣物也跟着变了节，又潮湿又冰冷，害得我们经常拿出去翻晒。一遇雪天，我们必须立马清除前院屋后的积雪，不然，积雪便很快凝成顽固不化的坚冰，成为冷冻源，冻裂屋基外墙和水泥院坝，就等于冻坏我们自己。我们奈何不了老天，只得苦了自己的手脚。这样一来，不管再冷再瞌睡，懒觉自然是睡不成了。母亲照例是第一个起来，而后我们才心不甘情不愿磨磨蹭蹭爬出热被窝，畏畏缩缩钻进冰沁沁的空

气里。好在我家院子虽大，菜地便占去三分之二，只需刨

出两条通道。我们用围巾捂住嘴脸，戴上手套，用铁铲将雪翻进两边泥地，于是慢慢凹出路来，而两边渐次隆起小小山丘了。若是雪来得勤，接续得上，这些人造假山便消消长长到来年春天才会消失。而屋后的雪，我们使尽浑身解数，派上铁锹、雪耙、扫帚、翻斗车、簸箕等工具，往往要花三个时辰才能请神出门，腰酸得快直不起身来。为此，我有些害怕下雪，甚至于对那些无穷尽的白色粉末也产生强烈憎恶。

对这座边陲小城里信仰不同行业各异的大多数人来说，能在同一时段整齐划一应对同一件事的时候不多，扫雪便是其中一件，而且是苦差一件。在有雪的朦胧晨光里，家家户户的院里院外，以及一些藏式平顶楼上，便可见许多裹长袍戴口罩围巾的藏族女人，和戴白帽的回族女人，手执扫帚或铁锹，弯腰弓背，上下里外忙活开来。一些藏族妇女，人特勤快，甚至在夜里两三点就爬起来劳作。于是，整个小城便被一种黏稠如风的沙沙声笼罩了，间或充斥有妻子埋怨丈夫不疼人、母亲埋怨儿子不孝顺的声音。大家目标一致，将那些可恶的白色粉末请出家门，囤积在路道边角。在住户稀少的城郊随意堆雪倒也无妨，可在人口密集地方，那就有些麻烦了。巷子左右人家皆将自家墙角的雪，赶到路中央，原本逼仄的巷道，被硬生生分割成两条狭窄缝隙，除了人，其他稍宽大的物体休想过去。倘若遇到对门两家都不是什么好货色，弄不好，会因为雪堆离自家墙角近了，大吵大闹，反目成仇，甚至大打出手。而正街两旁住户，就近将雪堆在街边，硬是把一条平整路面添置得山重水复，只留下三分之二可供人车通行，经来去车辆反复搓揉挤压，瓷实成腻滑薄冰，给人车出行带来极大不便。

俗话说"下雪不冷化雪冷"，特别是太阳出来之前，空气澄明，无风，却冷得出奇，空气里悬浮的冰离子，一与皮肤接触，便冰沁沁地刺进心窝和骨头里去。我家住城西郊，却在城东入口处上班。每天早上，我眼睁睁地在热被窝里消磨时间，看上班时间快到了，才一万个不情愿地爬出来，草草吃过母亲准备的早点，戴上棉手套，用围巾包了头脸，只留出一双探路的眼睛，骑自行车上班去。街道上行人稀少，一律包裹得像粽子，更像臃肿的布娃娃。我小心翼翼瞻前顾后地在冰滑的水泥路面上慢慢骑行，生怕跌倒，更怕追汽车尾或是被汽车追尾。被围巾捂住的嘴鼻，像是被堵了出口的烟囱，呼出的白气，从鼻梁缝隙突围出去，雾花我的眼镜，眼前一

片茫然。我惊慌失措立马停下来擦眼镜，调整围巾松紧，再骑行时，尽量强忍鼻息，仅靠嘴大口大口吐纳空气，仿佛比爬一座山还吃力。整个上午，不管太阳多扎眼，却感觉不到一丝暖意，温度已被雪和融化的水、成精的冰，吸收得一干二净，留给我们的只是冷冰冰的虚光。单位烧煤炉也烧电炉，一些条件稍好的烧空调，上班时，我们便成天抱着煤炉电炉，一动也不想动。

到了中午，温度才慢慢升起来。回家吃过饭，便斜躺在敞亮的玻璃窗后的走廊沙发上晒太阳。玻璃将胶合于阳光中的风和冰冷全部过滤，只透进热辣辣的火，晒得我们油汗直冒，裤子熨斗般贴烫得大腿生疼，直叫那鬼魅的风气急败坏地在玻璃窗上乒乒砰砰胡乱敲打、跌撞，最后徒劳无功，长叹而去。窗户正对不远处的雪山，湛蓝的天空，棉花糖似的絮云，泛着天光的雪，以及逐渐显露原形的褐色山体，便被一条幅一条幅分割安装在镜框里，成为天然的活的画卷。我的目光一直追随一朵云，从一幅画飘到另一幅画里去。

世间有很多事是不可轻易改变的，阳光倒是激情满怀直扑下来，可与那地痞流氓似的四处流窜的冷空气碰撞，仇人相见分外眼红，激起更大的矛盾，搅起鬼魅的风，它们把一记记响亮的耳光扇击在阻挡它横行的一切物体上，风被撕裂的尖利啸声，物体被拍打扭曲的痛苦呻吟，响彻整个下午。太阳落山后，那些好不容易化了的水，还没来得及溜走，便又被硬邦邦地塑在那里，成为冰冷的牺牲品和帮凶，把温度再降低一个层次。第二天照旧重演。在这忽冷忽热的交替变化中，一些经受不住考验的冰雪，慢慢被阳光灭杀，而那些顽固的家伙，便一步步退守到房屋街道的阴暗角落，和山凹夹缝里，继续搅浑整个小城的温度，让我们不得安生。它们倾其所有能量，尽力从一场雪残喘拖延到下一场雪，直到冬天结束。

陪伴我们度过这趟冰冷之旅的最忠实伙伴便是火了。家里的煤炉自燃烧之日起，便没日没夜地连续作战，卖力保持和提升我们身体与室内的温度，直至吞光我们购买的两吨兰州煤，阳光以本色照人，室内外空气平起平坐和气往来。整个冬天，我们除了上班、串门或是偶尔出门办事，其余时间大都窝在火炉旁消磨时光。因为气温变化无常，室内外温差大，人时常处于忽冷忽热的断裂状态，最容易患上流感。这一时段，医院病床多半被流感击中的大人孩子占领。第一场雪来到不久，我家七口人中的五口人就相继加入了这支咳嗽不止鼻涕长流的庞大队伍，嫂子与她一岁多的女儿，还_同躺在病床上输了好些天的液，才有所好转。

而就在这样的时候，却有一支"异军"悄然突起，暗地里搞他们的节前创收活动。这支"异军"的统一名号便是贼。这些贼的目光从早到晚扫过许多人家的大门窗户围墙，选中了点，便在他们认为最恰当的时候，翻墙破门窗而入，只要能搬动能换钱的，毫不客气，搬！一些人回家较晚或是一觉醒来，便只有垂头丧气口角冒粪的份了。我家背靠城市面朝河滩，周边少人户，极其偏僻，没少吸引鬼鬼祟祟的家伙垂青。白天是不敢离人的，大门紧闭，生怕外面游晃侦察的贼人，侦察出我家的人口，摸清我们的底细。寝室门后照例放着铁锹、钢钎等防身工具。尽管我们小心翼翼，还是有一些莽撞的贼爬上了围墙，被狗吵醒的我们，来不及穿裤子外套，锹起工具，冲出去便是一通乱敲乱吼乱骂，大壮声势，吓得贼人落荒而逃，冻得自个瑟瑟发抖。每遭这样的情形，我们便下定决心，明年一定再加高围墙三匹砖，再养一只更威猛狂躁的狗，可到了来年，危机解除，便又好了伤疤忘了围墙和狗了。

……

而这些冰雪赐予我们的生活，是那些浮光掠影的艺术家所不曾看见或视而不见的，这种"形而上"的目光，形成一种远离生活的浩然长风，并长久遮蔽一些真实的东西。事实上，对于生存在这片土地上的我们来说，我们最希望明天便是无雪的春天。但草原的冬天似乎特别漫长，总有落不尽的雪，和贯穿始终的寒冷。

石头里的鱼

在辽阔无边的玛曲草原上，世代繁衍生息于此的牧民群众，过着浮萍一样逐水草而居、四处漂流的生活。草原之大，处处是家，又处处无家。也许是为了镇住那些水一样漂流的日子，也许是因为石头是房子的根，是家的基础，那些牧民群众都要淘来一根石头，随他们漂流到每一个地方，然后栽种在新家的地界上。于是，人就安定了，心就安稳了，生活就有着落了。

在这片草原上，有一个叫扎西的牧民家里，有一根两尺来长的鹅卵石。肚子大，两头尖，像一个怀胎十月的孕妇。它的表皮坑坑包包的，和癞蛤蟆丑陋、吓人的背部没什么两样。更可恶的是，潮湿的青苔，暗疮一般，布满它的全身。这根丑陋的石头还是扎西的阿咪（爷爷）从遥远的黄河源头淘来的。

扎西的阿咪在世的时候，常常对扎西说起这根石头的来历。那时，阿咪还很年轻，刚刚有了自己的家庭，自己的牛群。为了找寻一根理想的石头，阿咪骑马走了三天，终于在一个晴朗的午后来到了黄河边。天空就像一口不透气的蓝色大锅盖，严严实实地扣在碧绿无垠的草原上，大片大片的阳光，就像碎裂的巨大冰块，惊心动魄又无声无息地跌落在平静无波的水面上。阿咪沿着黄河边找啊找，走了很长的路，始终没遇到一根中意的石头。阿咪有些丧气了，他打算随便捡一根回去了事。就在这时，湖面吹来一股奇怪的凉风，青天白日里，竟然飘来一股毛毛细雨，强烈的阳光穿插其间，一道色彩浓艳至极的彩虹，就像一座上天入地的天桥，架在了阿咪面前，仿佛伸手可及，抬腿可攀。阿咪顿时被震撼得目瞪口呆。很快，彩虹便消失了。天地之间，像是什么事也没发生过。阿咪甚至有些怀疑自己是不是眼花了，或是出现了幻觉。他走过去一看，唯有彩虹落脚的地方，湿漉漉的，一块怪异的石头，站立在一群俗常的鹅卵石中间，绿光闪闪，生机盎然，充满了诱惑。阿咪虔诚地面向西方跪拜下去，把那块上天赐予他的神石高高举过头顶。

"扎西啊，这是一块神赐的石头，无论你走到哪里，你都要把它栽种到神龛下面的湿土里，像供奉佛祖一样供奉它，它就会保佑我们人畜兴旺、平安吉祥的。"

阿咪每次讲完这个故事，都会这样意味深长地对扎西说。他也一直是这样做的。

扎西虽然一直认认真真地嘴上应承着，心里却一点也不当回事。在玛曲草原上，青天白日，落雨飞虹，是多么平常的事。从小到大，他不知见过多少回了。彩虹脚下的事物，自然是湿漉漉的，这谁都知道。至于生了绿锈的石头，黄河边多的是。那不过是一个很偶然的巧合罢了。那块石头非但不神，还很丑陋，且无用处，不够细长，不能做拴马桩，很不规则，栽种和拔掉都很麻烦。阿咪过世后，扎西的朋友来帐篷里喝酒，口无遮拦，最喜欢把他和那块石头归为一类，说有什么样的石头就有什么样的人，或有什么样的人就有什么样的石头。扎西要不是念阿咪的情，早就把它扔得远远的，从新换一根新的了。有了这样的想法，那块石头的待遇自然就差了一点，先是远离了神龛，后是撤出了帐篷，在外边不碍事的地方落了脚，不轻易和主人照面了。

又一年冬天来了，扎西和所有的牧人，在大雪和严寒的驱逐下，拔掉自己的帐篷，赶着自己的牛群，离开夏牧场，下到沟谷里温暖的冬牧场越冬。到了目的地，扎西照例在山窝避风处搭帐篷。正当他很不耐烦地用锄背狠狠敲打那块丑石的脑袋，企图将它强行锤进泥土里去时，一个过路人被他的暴力举动和金石撞击的尖锐声响吸引过来，好奇地看看他，又看看他锄下正受苦的东西。这一看可不得了，过路人像是受了什么重大刺激，突然发了疯，一把夺过扎西手中的锄头，扔得远远的，然后扑通跪在石头面前，目光直直地盯着石头，神态庄严，一言不发，像是和石头进行着某种神秘的心灵对话。

扎西被这个无缘无故抢夺并扔掉他锄头的过路人激怒了，正准备发火，却被过路人接下来的庄严一跪，给莫名其妙地镇住了，火气全消，心中反而生起了雾一样的疑惑，水一样的好奇。这人到底怎么了？他默默地关注着过路人的一举一动。

过路人的眼睛，仿佛被扭成一股绳子，牢牢地系在石头上；嘴巴夸大地张着，像要吞下那块石头。扎西看了半天也看不出门道，实在忍不住 r，大声问了一句：

"阿罗，你怎么了？是不是病了？"

过路人惊了一下，这才意识到身边还站着一个人，而且是石头的主人。他抬起头，眼里充满了渴望，颤颤抖抖地说道：

"阿窝（大哥），你这块石头卖不卖？你要多少，我给你多少！"

"什么？你说什么？"

扎西一时不敢信任自己的耳朵，以为是耳朵或是大脑出了问题。他接二连三问了好几次。那个过路人又急切地复述了几遍。没错的，是那句话，越来越响亮、越来越清晰地落在扎西的耳心里，顺着他的大脑、心脏的通道和血管，一路狂飙，差点把扎西撞翻在地。

天下哪有这等蹊跷的好事！

这不等于平地起大水、天上掉财宝吗？

这人是不是脑袋进水了，还是存心和我开玩笑呢？

扎西强力压制住那些四处乱窜的野火，不让它们冲毁大脑中幸存下来的一点理性。他又仔仔细细打量了一遍过路人：一副商人行头，衣着精美华贵，腰袋鼓鼓囊囊，神情严肃，目光如炬，不像是个疯子，更不像是开玩笑！

扎西犹豫了很久，心里的算盘打得磨啪响：这个过路人既然愿意出高价购买我的石头，想必石头里一定藏有黄金或比黄金更珍贵的宝物。我要是随意喊了价，里面的宝物又远远不止那点钱，我不是亏大了。我何不把它好好保存起来，等以后摸清行情，或是找一个更有钱的人，卖更多的钱，不是更好！要是这个过路人看走了眼，或真发了疯，倘若不卖给他，我不是眼睁睁放掉送上门的发财机会，白白拉拉损失一大笔意外之财！

经过激烈的思想斗争，扎西最终做出了抉择，他一口回绝了那个过路人，没有丝毫回旋的余地。等那个过路人不无遗憾地离去后，扎西立即将石头从土里拔出来，仔细检查了一遍，未发现锄头敲破的一丝痕迹，真是一块宝物！他把石头抱到小河边，抠去凹处的青苔，清洗干净，放在太阳下晒干，然后用哈达里三层外三层包裹起来，小心翼翼地装进阿咪留给他的红色佛盒里，置于神龛之上。每天早晨出牧和傍晚牧归，扎西都要虔诚地跪在神龛下面，认真回味一遍阿咪的话，阿咪说得对啊，这真是一块神赐的石头，可是，他曾经是那样的厌恶它，不但未像供奉佛祖一样供奉它，还差点把它抛弃了，幸好！他还严厉正告家人，特别是自己的两个儿子，一定要管住自己的嘴，千万别走漏风声。即便如此，扎西仍然不敢有丝毫大意，白天放牧时，不敢让帐篷脱离自己的视线，晚上睡觉时，总觉得黑黝黝的夜里，有一双眼睛死死盯住他的那个宝贝疙瘩。有那么一段时间，他甚至认为晚上有人会爬进他的帐篷，偷走他的宝贝。那段时间，他就连睡觉也抱着石头，生怕它不翼而飞了。

可以说，自从他知道石头的宝贵后，他就没睡下一个安稳觉，没吃上一顿放心饭，精神自然就营养不良，极容易患得患失。有时他会怀疑那个过路人的眼光是不是有问题，要是真看走了眼，他不是白高兴白受罪一场。有时他会后悔自己的决定太草率，卖了石头多好，不管多少，钱总是实在的，更不必受这种煎熬。有时他会想到自己要是一辈子找不到买家，宝物和自己不都白白窝成了废物。有时他竟然会将遭罪的帽子戴在阿咪头上，都是他捡的石头惹的祸，没有石头，哪有今天！

终于，一个漫长又漫长的冬季，在一场快意的春雨中结束。扎西正做着去夏牧场的准备，一个人的突然造访，给他一个极大的惊喜。这个人就是那个过路人。过路人迫不及待地问起石头的事，扎西也想给过路人来个意外惊喜，他从神龛上取下佛盒，慢条斯理地剥去哈达，在剥最后一层哈达时，他突然加速，石头一下了跳进过路人的眼眶。过路人果然很意外很夸张地尖叫了一声，不过那尖叫代表的不是惊喜，而是绝望！过路人随即瘫软在地，目光呆滞如死鱼的眼睛，像是遭了雷击或是背后挨了黑枪。

"怎么了？怎么了？"

扎西见状，心急如焚。

过路人长长地叹了一口气说："扎西呀扎西，你这块石头，不是一块寻常的石头，你别看它外表丑陋无比，它的内瓤却是孕育生命的暖床，它臃肿的肚皮包孕的不是黄金白银，不是珍珠玛瑙，而是一条活蹦乱跳的鱼。它癞蛤蟆一样的肌体，是为了更有利于和泥土紧密相生，吸收更多的水分。它遍体密生的青苔，是为了保持石头的温度和湿度，给鱼儿生产氧气。可你却因一时的愚昧和贪念，妄意剪断了鱼儿生存的链条，将石头装进封闭的箱子里，鱼儿失去了水分和氧气，给活活干死了。世间万物唇齿相依，命运相连。你这样做，不是把生命逼上了绝路吗？"

说完，过路人失魂落魄地走了，留下同样失魂落魄的扎西，呆呆地站在辽阔无边的草地中央。他的身体像草原一样空空荡荡，脑袋里只剩下一句话："钱没了！"

心灵的乘客

凌晨四时许，天空飘着鹅毛大雪，地上已铺了厚厚一层。

当我赶到 A 城汽车站时，空荡荡的候车室内，已经有几个人等在那儿了。我快速浏览了一下，一位肥头大耳商贩模样的人，斜躺在一条长凳上假寐；另一条长凳上，坐着一个身着破旧光板皮袍的老牧妇、一个中学生、一个背着工具箱的木匠。他们不停地跺脚、搓手、哈气，时不时咒骂几句该死的鬼天气。

起初我还很淡定，选一个避风的角落坐下来，但没过多久，也被刺骨的寒冷逼迫得搓手跺脚、喊爹骂娘。我们耐着性子等啊等，时间的表针也像被冻僵了，蜗牛一样缓慢爬行，好不容易逼近五点的发车时间，却还不见司机到来。

大概又挨了半个钟头，汽车站内终于响起了老爷车猛烈的咳嗽声，在冷寂的风雪夜中，格外的刺耳。像遇到了救星，大家顿时精神一振，迅速弹起，收拾好行李，向站内冲去。等爬到位子上坐定，才知道这只是个开场白，司机正为发不燃汽车而骂娘。司机是个满脸胡茬儿的中年汉子，头发蓬乱，衣服破旧，油腻不堪。他手忙脚乱地鼓捣着，但老爷车就是接不上气来。司机没办法，只得骂骂咧咧地下车去，烧明火烤油箱，烤热后又叫我们去车屁股推操，对抗了差不多半个钟头，老爷车终于"噗嚏噗嚏"地放一长串响屁，活了过来。

汽车倒是活过来了，我们却被冻成了冰棍。待大家坐定正要上路时，不知从哪儿蹿出来一位老大娘，五十多岁，慈眉善目，白白胖胖的，干净厚实的藏袍柔顺地贴在身上，还带着一股暖烘烘的热气，显然刚从附近哪家的火炉边跑过来的。她一上车，便在司机旁边的位子上坐下来。司机很默契地关了车门和车灯向站外驶去。此时天已大亮。

车子缓缓驶出小城，淹没于漫天雪卷的旷野之中。因为没了遮挡，猖獗的寒风畅通无阻，"轰轰隆隆"地刮过车皮，从密封不严的车窗缝隙中斜刺进来，车身禁不住战栗起来，发出骨头碎裂的响声。我们就像坐在一间冻库之中，尽管把手和脸捂得严严实实，脑袋乌龟一样缩在壳里，还是冷得像没穿一件衣物。

真是糟糕透顶！我一边悄声咒骂该死的鬼天气和该死的破车，一边四处瞧了瞧，正好看见坐在副驾驶位置的老大娘从怀里掏出一个暖宝宝，捂在手中，一副安然自得的样子，心里竟然瞬间滋生了一种罪恶的念头：冲上去给她抢了。当然，这只是我的臆想，我不敢，也不能。我能抢的恐怕只有我身体夹缝中东躲西藏、艰难求生的热量，如果可能的话。

老大娘似乎觉察到了我内心伸出的贪欲，回过头微笑地望着我们，叹息道："哎呀，这该死的鬼天气，不知还要下多久喔，真是造孽啊，还让不让人活了！"说完取下胸前的佛珠，双手合十，在额上贴了贴，然后叽里咕噜地诵念起来。

受老大娘话语的感染，坐在我身边的老牧妇，接过她的话头，深有感触地说："是啊，是啊，要是继续下个七天八天，就像前年一样，我家的牛可就活不下去了，我们也就……"话到一半便咽进肚里，瞅着窗外疯狂的大雪，满脸的焦愁，满腹的心事。

老大娘见有人搭话，来了兴致，转过身和老牧妇亲切地交谈起来。老牧妇见有人同情，便把自己的担忧，以及前年所遭的浩劫通通倒了出来。老太婆很能见缝插针地表示她的同情，不时加上"可怜啦！""造孽啊！"等字眼，并不时"妈妈呀！"地发着感叹，就像她自己遭了罪一样。我闭着眼睛，听她们的话从我耳边飞来飞去，心里也挺不是滋味。前年的事我是知道的，百年不遇的大雪连续下了七八天，大雪封山，天寒地冻，牧区的牛羊被冻死饿死大半。要不是政府扶忧解困、发粮发草，众多好心人筹款资助，后果不堪设想。对于这点，两位老人感慨颇多，让人觉得这个世界不管多冷还是有温暖在。

我们都需要这样的温暖，如果此时此刻有个暖宝宝该有多好，我还在幻想。

汽车在风雪中颠簸了老半天，漫长的就像过了一个世纪。雪越下越大，天越发的阴沉暗涩，仿佛随时要将我们吞进去。我们都又冷又饿，万分期待在风雪途中遇见一家小饭馆，哪怕就是见到一个简陋至极的小卖部，买些干粮充饥也好！可是路上一个村庄也没有，而前面的路似乎永无尽头。

正在极度颓废的时候，突然听到"咔嘭"一声，车身下好像有什么断裂了，惊得我心血倒抽，汽车随即停了下来。司机骂骂咧咧地开了车门，下去看个究竟，冷风乘势从门外猛灌进来，挤满整个车厢，瞬间把我们压缩成了小小的一团。

司机爬到车身下看了一会儿，就又爬上来，掀开引擎盖，搬出工具箱，胡乱地在里面翻找了一把扳手和钳子，又骂骂咧咧地钻到车子底下去了。

我的心一下子沉到冰凉的水底。车子在走，不管多慢，总是离目标离希望越来越近。而现在，看司机的情形，是要大修一场的样子，能不能修好还是一个问题。

我咬着牙关挺了一会儿，觉得还是应该下去看看司机需不需要帮忙，顺便活动活动热热身子。其他人见状，也跟着下了车。不过，我们围着车子转了半圈不到，看了看司机露在外面随身体不停抽动的双脚，便被密集的风雪和刺骨的寒冷驱赶着缩了回去。

满世界疯跑的狂啸风声，把偶尔传来的扳手敲打生铁的声音吹得七零八落。

在漫长而焦躁的等待过程中，就那么木头一样枯坐着总不是办法，于是大家没话找话，东一句西一句地拉着家常。但话题总离不开鬼天气、破车、烂司机。后来，那个老大娘说了一句例外的话，她说："看外面的情形，这场雪恐怕 时半会停不了，活该我们倒霉撞上了，可司机更倒霉，钱没挣到几个，车子却又出了毛病，这么冷的天气，还躺在雪地里修车，真可怜！我提议大家每人再加二十元钱给师傅，希望他早点把车修好，我们赶快离开这儿，你们说好吗？"说完率先从怀里掏出二十元钱，把征询的目光递给我们。

见没人响应，她直接冲着老牧妇说："我们遭雪灾落难的时候，都有好心人帮助，我们是不是也应该献点爱心，帮助一下这个倒霉的司机！"老牧妇没有搭腔，沉默了好一会儿，才抖抖擞擞地从怀里掏出一个黑乎乎的手帕包，放在膝盖上慢慢打开，从皱皱巴巴的零钱堆里，挑出四张五元的钞票，心有不甘地递给老大娘。

见老牧妇都给了，我也递了过去，商贩和中学生也跟着交了钱。

木匠却不干了，他狠狠地数落老大娘多管闲事，"我们都是受害者还要当活雷锋，司机都没叫一声穷，你就在那儿装好人？要当好人，你当，我不当。"

不管怎样，既然好人的旗帜已经树起来了，大家便理直气壮、七嘴八舌地攻击木匠，说他没有爱心，没有同情心。木匠气得直翻白眼，一边赌气似的在兜里掏钱，一边愤愤地回应："给给给，你们都是好人，就我是孙子。他妈的，车费三十元，还要贴二十元，哪有这样的事情。都在挣钱，就我的钱是捡的。拿去，拿去，不说了，不说了。"

老大娘拿了钱，把暖宝宝丢在一边，不再说话，稀里哗啦地数了数，便揾在手心里。车厢里一片风雨后的静默。

大约过了一个钟头，司机才从车底下爬出来，把工具放回原处，表情轻松，看样子有戏了。老大娘真是热心，她一边爱怜地帮司机拍打身上的雪，一边对他说："这么冷的天，师傅辛苦了，这是大家的一点心意，你就收下吧！"

司机并没有搭腔，满是胡茬儿的脸上显露出极不自然的神情，他转过身去，用油腻腻的大手回拒。老大娘不管不顾，强行将大家的"心意"塞进司机的腰包。司机连一句言谢的话也没有，只是一个劲儿地摆弄汽车。汽车先是干瘪瘪地乱响一阵，而后终于发出"轰隆"的咆哮声。大家顿时松了一口气，刚刚淤积的不快，随之烟消云散。

到了下午六点过，风雪路上终于出现了几座小村庄。终于回到人间了，我的内心腾地升起一股难以言诉的快慰。又过了十来分钟，车子终于进入B城的车站。车还未停稳，我们便急急忙忙地下了车，冲向对面的一家小面馆，掀开厚重的帆布门帘，围坐在正中的火炉旁取暖。很快热气腾腾的面块端了上来，面馆里响起一片狼吞虎咽的吸溜声。

快要吃完时，门帘呼啦一声被掀开，和冷空气一起进来的是一个七八岁的小孩，衣裳单薄，且破烂不堪。他怯生生地凑到老大娘桌边，哀怨地乞求道："婆婆，可怜可怜我吧！给点钱吧，我饿！"说完膝盖弯曲，有要下跪的意思。

大家见此情形，都觉得他挺可怜，忙着搜索身上的零碎钱。我想老大娘那样菩萨心肠的人，可能会多给一点吧！

"滚！爬！你个烂乞丐，老子还准备讨饭呢！"

那想，老太婆竟然恶狠狠地骂起来，顺势还给了小乞丐一脚。

那个可怜的孩子万没想到会这样，腿一弯倒了下去，眼泪卿地流了下来。饭店老板是个好心人，她非但没赶小乞丐，还把他扶起来，给他端了一碗面块。

老大娘一抬头，见大家十分诧异地瞧着她，像看一个怪物。她马上意识到自己的失态，慌忙为自己辩解："你别看这些小孩子，装着一副可怜的模样，其实背后都有人指使……像这样的骗子，我见的多了，简直太讨厌了。他们才是真正的骗人高手，我就是因为好心，上了几次当，所以见没人搭腔，灰溜溜地走了。

老大娘走后，大家都说这人真奇怪，车上车下判如两人。面馆的主人听了，便询问我们从哪里来的？我们说是从 A 城来的。是不是坐的一个大胡子的车？大家都说是。

"他们是母子俩！"面馆以断言道。

"母子俩？""母子俩！"大家惊讶地叫起来。

"是母子俩，他们经常还在我这儿吃面呢！"面馆主人再次肯定地说。

"骗子，无耻的骗子！"

"还说别人是骗子，她才是真正的骗子！"

"怪不得在车上那么热心，我还以为是什么大慈大悲的人呢，鬼！"

"她不仅欺骗了我们的钱，还欺骗了我们的良心！"

大家狠狠地，七嘴八舌地骂着，哕着口水，仿佛一时间什么都明白过来了。

最气愤的是那位老牧妇，她咬牙切齿地说："以后再也不坐这辆车了！"

是啊，经过这样的事情，谁还会赶这样的一趟车呢！

查理之秋

　　好友画了一幅《深秋山原图》，挂在粉白的墙上。我被那躁动的似要跳出画面的色彩震撼，心里燃起难以抑制的热情。我不由得敬佩起这位平凡的青年画家，他用他的画笔、心智、激情把我们耳闻目睹的自然秋景升华到了感人崇高的艺术之境，让我等平凡人也随之躁动膨胀，深深感动。望着这幅被定格了的秋，我生了这五年来第一次想强烈表达它的愿望。

　　查理之秋，只是茫茫草原之秋的一个小舞台。在它的生命里流淌着的是大草原的血，呼吸的是大草原赖以生存的空气。这连根的系，自然会相仰根而生，望风而动了。草地的秋具体是从什么时候开始的，没有人能说得清楚。大草原的四季是没有棱角的。在这里，你只能在冰寒的缝隙里感觉春风，赞美短秋了。自然界限模糊，秋季短暂，所以怎能说清楚。可以说，这里的生命里律定的就是一种风的性格，在无形无影中给你时间空间的定义。只有长期生活在这里的细心人，才会发现这样一个并不深奥的奥秘，这里的季节从风开始。当有一天你突然觉得和煦的风里有丝丝冷气的时候，秋季便在好似平静的空间里开始了。越到后来，天气明显变化得易躁易怒，反复无常，一阵风来一阵雨，时而晴来时而阴，气温像上下台阶，随之突升突降，难以把握。这个时候，你就得赶快加上秋衣秋裤，不然冷气会随时入侵你的身体。此时的天空却升得格外高远，蓝得也清丽诗意得多了，云飘得也轻了，太阳照在身上，似吃了芝麻饼般酥脆。只要你多留心身边的草地，周围的山原，你会发现幽馨的青草香里，慢慢多了泥土干燥的气息。黄色从翠绿的草叶细尖上爬下去，今晨到了叶腰，明晨便爬到了根部。再过几个日头，在无边的青绿里便有了嫩黄的密密麻麻的疤痕，疤痕再一点一点地扩大，串联、并联，渐渐侵占了草地的大半空间，发展到黄绿相间如青蛙背般的怪异模样。这时，草地的农牧民，便倾巢出动，围剿山脚下那酥黄的青稞地，几日的喧闹过后，就只剩下麦杆狼狈的荒地了。牛羊们再也不怕踏坏庄稼。肆无忌惮地下了山，在沟谷深处随意横行，在公路沿线，还充当起交警路霸的角色。

等到草原上的草枯黄得差不多了的时候，便已是草原的金秋了。这个时候，是各种杂树、灌木、藤蔓植物最活跃的时候，它们就在这焦黄、粗糙的亚麻画布上随心所欲地展现自己的全部才情了。可以说，每一株有生命的植物，都把这生的全部热情，全部能量释放出来，随意地在漫山遍野纵情地铺张。查理的秋，也就被这色彩的世界渲染到了极致。站在高荒的阿依拉山上，遥望起伏万千的山原，金沙翻滚，红潮涌动，紫烟缭绕，白云依偎，松林绿陈，各种植物各种色彩，孤守又相互融合出极富丽极有层次感的大草地气度辉宏的金秋风情。世界上所有的色彩都在这里自由地生发组合，深深浅浅，浓浓淡淡，大开大合，大抒大放，形成一幅色彩绚丽变化万千的美妙世界。四周环绕的山脊上，被早雪勾了一条亮晃晃的银边，残雪随山脊升降弯转攀爬，似游动的神龙。高旷的天空也蓝得富丽，忧郁、明朗、低沉、轻快、欢畅等情感，也能在这变幻的梦一般的天空里找到心灵的影子。不得不说是这金秋的奇迹。可以毫不夸张地说，草地的金秋已富丽到了每根草上也显示出不同色彩不同情感的地步。望着这人间雄壮奇丽的世界，你仿佛进入了仙界，在不知不觉中，也化作其中的一分子，只懂热情和忘我地自由了。

而在这色彩繁华之极的闹市里，却静默着一座神圣的精神殿堂——安曲查理寺。寺院依山而建，殿宇辉煌，气度辉宏，经阁小巧，雅致无比，苍树虬枝，古意昂然，大片灰白的僧舍，平实古朴。寺院方正的建筑风格及扇面的整体布局，色彩的单纯统一，都给人有别于金秋山原的躁动不安，它为这流动的色彩世界凝定着一种内收的和缓的平稳的清宁明净的异样世界。独聊蹰于古朴的老墙下，望着出出入入的红衣僧人，泛着天光的幽幽热柯河，你总被一种神秘的力量感召，心寂如烟，不再被外界的繁闹牵扰。我不是佛教徒，但在这点，我认为它的崇高在于引领人趋于人生无我无欲的至高境界。草地的秋也就富有了内涵深度。

可惜，草地金秋的日子不会太长。经几次冷霜的入侵，满山的色彩慢慢被剥去了光辉，变得灰暗起来。先前的耀眼神采，被收进了入冬的雪里，到处只留下仍有些诗意的枯枝败叶。此时的大山就只一副衰老疲惫不堪的模样，就像一个毫无神采皮肤皱巴的糟老头。山坡上天葬台周围的经幡的色彩反而亮了起来，每位年老的藏族老人不得不接受这样的命运。草地的秋也经过了一番挣扎，畅快，终于在痛苦中结束了今生。看天色，亦经常哭丧着苍白的脸，像在为这老人哀悼。冷寒逐日加重，风如疯狂的刀手，呼啸着四处追赶刺割着仍在户外活动的人，把他们赶进屋内。只有身穿厚袄枯坐火炉旁，无奈地等待冬天的无情降临。而我的查理之秋亦在萧萧寒风的威吓声中落下了帷幕。

郎依晨光

凌晨六点，天地灰蒙，万籁俱寂。天边泛起丝丝浅蓝，几斑模糊的黑点，从残雪披散的幽暗山头隐现，逐渐变大，原是几只黄鸭，忽地掠过我的头顶，落在那边墨线勾勒的疏朗枝条上，绽开朵朵墨梅。门前的小水沟里，我经常在上班时撞见的那对黄鸭情侣，竟也早早起来谈情说爱，这是我没想到的。

出了阿坝县城，穿过几片阔大平坦的青稞地，绕过一些火柴盒子似的土房子，再爬上几层山坡，便到了郎依寺。郎依寺是国内规模最大僧人最多的苯教寺院之一，始建于1107年，历史悠久，地位显赫，远近闻名。我是和几位远道而来的朋友专程前来朝觐的。头顶苍阔的天空，清润的蓝色已逐渐从灰色的宣纸中渗漏出来，像无数条蓝色的河，流水漫出河道，随意流淌，四处蔓延。屏息聆听，似乎，还能听见水流的声响。四围起伏的山塬，把头埋进黝黯的大地，任远赴而来的薄光，在弓起的脊背上落脚歇息，勾勒出一条条弯弯曲曲深深浅浅的光带，把天地分开，把我们环绕，把我们牵惹。潜伏数日的缙缙残雪，蠕动着身了向下退缩，寻找合适的生存空间，以躲避阳光狂热的追逐。郎依寺悄无声息地在灰白色的浅雾中沉睡，我们只看到它黯红的肌肤和安详的影子，变戏法似的，在雾的朦胧中，若隐若现，幻化游离，像梦一样。

突然，几声尖利的犬吠，打破这无边的静寂，袅绕的轻雾被惊扰得四散奔逃。抹去了面纱，寺院就像被释放了的折叠雨伞，砰地鼓胀在我眼前。古刹的锣声，紧跟着悠然响起，那沉稳而沙哑的声音，像是被什么重物拖拽，缓慢地，懒散地，在天地间、在屋子周围、在空气中、在我的心坎上颤悠绕复。惹出一串暗红的人流，在高墙下，在小路上，律动一串灵动的音符来。一群红嘴鸭伴着这曼妙的节奏，在高高的大殿上盘旋游弋。空灵的经幡也随之慢悠悠悠地摇曳起来，摇出一串串诵经声，一波一波地传出很远。

迎召而来的缕缕阳光，生怕自己抢不到地盘，争先恐后地拍打在寺庙周边的原坡高处，烙下一缤缤奇异的金色光斑，夹杂着蓝莹莹的雪沟和蛇曲的阴影，犹如斑马的纹身，有着诗的节奏和乐的旋律。天空与大地，被锐利的光线，大刀阔斧切割成明暗有致、对比强烈、界限分明的异度空间。暂时没有得到阳光的沟谷与古刹，由于明的对比，显得越发幽暗，更加神秘古幽。天空此时已被蓝色全部占领，像一块蓄满蓝色汁液的透明容器，真让人担心它会随时碎裂，铺天盖地，下一场蓝色暴雨。

我默默站在无边的蓝色下，广阔的大地中，黝黯的境遇里，以一种久旱逢雨的心情，把久远的目光潜入大地、天空，阳光交相辉映、相辅相成的瑰丽杰作中。

"咯吱"，"咯吱"，"咯吱"……

像打开一道又一道木门，卯桦摩擦发出的欢快的尖叫声，携带着狂风滚动风轮的声响，从我身后不远的地方传来。我太熟悉这种声音了，不用回头，我知道那是经由一双苍老的手，推开一道又一道信仰之门发出的声音，经筒旋转的声音。那声音犹如一支古老的歌谣，笨拙而又响亮，打破空阔的寂静，从一个角落，断断续续，穿过一条长长的甬道，通向另一个角落，戛然而止。而后，"噗噗"的脚步声，挽结着低沉的自言自语，靠近我，和我擦肩而过。看着她弯曲如钩的身子和松弛下垂的手中大幅度摇摆的念珠，慢慢融入黄土、远山、经院构成的大背景中，成为一种简单的过去，我的心头竟被一种说不清道不明的酸涩充塞！

很快，金灿灿的阳光便从原坡高处流泻下来，燃烧了大片山原。位于我东面的白塔，由于背部受光，前胸漆黑如陶，弧线优美的塔身周围泛起一层明光，就像是它自己发出来的，呈现出非常美妙的剪影效果。一缕金光打在前方佛寺的金顶尖，慢慢沿着它椭圆的弧形身胚滑下去，我仿佛听到阳光与金属摩擦碰撞发出的"铮"的声音，霎时，佛寺一片热烈，鲜亮，气度非凡。山坡上朴实的土房子，在接受阳光热吻的一瞬兴奋起来，喘着粗气大口大口吐着炊烟，把灿烂写在脸上，把灰暗的影子长长地抛在脑后，甚至抛到了身后另一面山坡上。在我脚下，一户关闭了一夜圈门的人家，"哓当"地开了门，一群耗牛鱼贯而出，驮着阳光，踏着影子，甩着尾巴，在牧童的吆喝声中，从从容容地从我身边晃悠过去。后边还跟着一个背水姑娘，大约十二三岁，斜挎着水桶，东张西望，嘴里哼着婉转的山歌，在我们目光相撞的一刹，我看见了一双清澈如蓝天一样杂尘不染的眼睛，弯弯地向我微笑，似乎在笑我傻，我一时有些窘迫，可她更放肆地大笑一声，转身走了。看着她阳光斑驳的背影和不远处的蓝天白云、山原经幡融为一体，我竟莫名其妙地感动起来。

回过头，朋友们已不知所踪，怕是追逐阳光的脚步去了。我的目光懒散地四处走走，看见身后的经幡林，便领着双脚走了进去。已有些褪色的五色经幡，横七竖八地张挂在我的周围。我透过那些细薄的经幡望去，古寺，佛塔，远山，老人，天空，大地，被赋予了神秘的色彩，长满密密麻麻犹如天书的藏文经文。一阵风吹过，随着经幡的起伏，真实又虚幻的世界，飘飘摇摇，似乎要飞到天上去。

最近的，不再遥远

阿来老师是一位文化名人。

达古冰川是一处罕见的现代山地冰川。

阿来老师与达古冰川有着特殊的关系。他在散文《达古的春天》里这样描述："达古在四川阿坝州黑水县，在我小时候常常仰望的那座大雪山的北边。大雪山的南边是我家乡马尔康县。"抛开这层地域关联，阿来老师还是达古冰川的文化大使。在这个商业时代，作为一名景区商业代言的文化名人，只象征性收取 1 元钱，这在国内目前恐怕只有他一人。

虽然阿来老师是阿坝州土生土长的作家，他与他的作品离我们的现实与想象并不遥远，近水楼台先得月，我也在正式场合见过他几次，也有幸亲耳聆听了他的一堂文学讲座。但对他本人的印象，还停留在外在的儒雅风度、大师风范，还停留在《尘埃落定》营造的巨大光环之中。在我的心目中，他就是一座难以逾越的高峰，矗立在我面前，只能仰视。那感觉，就和素未谋面的达古冰川给我的一样：近在身旁，却又远在天边。用阿来老师赋予达古冰川的那句话表达最合适：

最近的遥远。

很幸运，就在今年 7 月，我参加了"相约达古冰山、感受最近的遥远"阿坝州作家培训笔会。这是继茂县、马尔康县培训笔会之后的又一次作家"福利"。就在达古冰川脚下，阿来、冯秋子、刘醒龙、赵瑜几位老师的精彩讲座，让我再一次走进了文学的神圣殿堂，深切感受到"最近的遥远"其实并不遥远，就在我们混沌的心中，就在我们漠视的角落。在这之前，我从未认真审视和逼问过。

课堂之余，达古冰川管理局安排我们走进达古冰川，去亲身感受一下"最近的遥远"。当我和与会的作家朋友穿越翠绿叠嶂的盘山公路，抵达森郁的原始丛林，亲近林中天光山影一眼收的静水湖泊，远远观望山原高处静如处子的寂寞山寨，我的心中便潮起一种久违的恬静与安适。这是一种与生俱来的自然本性，我们需要它滋补我们的心灵。毫不例外，我把自己交给了手机和相机，相信它们会让我永远铭记，我，任冬生，到此一游。可是，在我电脑里储存的那么多"到此一游"，它真就深刻铭记了我走过的地方。我的游走，是的，仅仅是游走，能带我逼近原初的本真？即便是我用手中的笔，用自以为最美的语言写下走过的每一个地方，它们真就是我内心情感层次的折射，它们真就在达古冰川而不是在别处？它们是不是我仅仅用文学的名义标榜了我的"到此一游"。

穿梭在达古冰川迷宫一样的幽暗丛林深处，淙淙流水声敲打着我的耳膜，似乎在告诫我，我正在丛林中迷失，找不到自己。是的，我正在迷失，迷失在世俗、轻巧、简单、浮华、虚妄、矫情构成的文化丛林之中，不管之前我走了多少地方，写出多少辞藻华丽的文字，那都是人云亦云的跟风，一厢情愿的买醉，小情小我的感叹。

世上有多少这样的游走，就有多少这样的文字。

阿来老师给我上了很好的一课。在讲堂上，阿来老师从去讲堂的路边摘了一株草，了如指掌地给我们讲述了一株草的构成与生长。在古老的达古冰川里，他用他自己的眼睛、自己的心，观察体味那些和人类同生的植物。他在《达古的春天》这样描述：

这一路，走走停停，爬上爬下，果然遇见了好几种开花的植物。其中有一种开满细小黄花的带刺的灌木丛，叫作堆花小檗。米粒大的小黄花一簇簇拥挤在一起，抢在绿色叶片展开前怒放，很符合它的名字里"堆花"二字。小檗的根茎中可以提炼一种叫小檗碱的物质，也就是平常所称的黄连素。还有耐旱耐瘠薄的带刺灌丛沙生槐也开出了密集的蓝色花。我一次次半蹲半趴地撳着快门，累了，便坐在山坡上，翻看相机里的花朵，却突然弄不明白，大自然为什么要让植物开出这么多的花。这些花朵和这神秘的不明白，也许就是我这一天的收获。人们都在世界上力图明白，而我宁愿常常感受很多的不明白。

而我呢，除了悠闲自在、大摇大摆地穿过达古冰川幽深的丛林，和周围的朋友理所当然地高谈论阔山野带给我们的身体享受，以及由此滋生的众口一词：最美大自然、美丽乡村、城市污染、生存问题。我何时那样谦卑地俯下身子，带着一双自我而又敏锐的眼睛、一颗敏感而又温暖的心，去观察路边的一株草一朵花，去和它们说说话，听听它们的声音。

在我的人生理想追求中，我无数次听到要仔细观察、要独立思考的声音。可是这些离身体最近、离心灵最近、离文学最近的欲望与希求，总被我公然漠视，抛得远远的。而它们，将我抛得更远，以至于我永远看不清别人，也看不见自己。

这不正是最近的遥远么？

穿过原始森林，便到了达古冰川脚下，抬眼掠过层层上溯的树梢，就能看见达古冰川的铁骨脊梁，顶起蔚蓝的天穹。两条乌梢蛇一样的粗缆绳，依托沿途危耸的几座高大塔吊，悬空向上攀爬，直至没入天际。那是我们上山唯一的一被誉为"世界最高"的索道。

坐上缆车，同行的一位本地作家告诉我：坐缆车上山，只需要15分钟。缆车启动，脚下的坚实大地缓缓离开我们的双脚，就像穿越大戏中的某个场景：依山势生长的一株株笔直松树，速速从我们两侧下坠、撤退、移位，悄然隐匿在同伴们的身后；而我们，在不断的抬升过程中，找到一种新的视角、新的感觉，去审视一株树的每个细节与一群树的生命关系，然后才看见整片树林。如果说这就是高度的话，那么这个高度因为有了细节与攀升过程而让人着迷。随着缆车的不断攀升，我们就像一只滑翔的鸟，神游天空，悠然俯瞰脚下的庞大山体，以及上面附生的植物、磊磊铺陈的石头，缓缓流向越来越深的青葱峡谷。

就在这时，我看见了另一条上山的路，一条一米多宽的残缺歪斜的水泥路，在劣迹斑斑的石头和杂树荆棘蓬草之中，蛇一样蜿蜒向上，在抵近山顶的一片危岩乱石之中，失去了踪迹。而它的源头，就在那片远去的树林里，它是那样的柔弱与不经意，粗浅地潜伏在枯枝与杂草掩护的地面上，以至于我在开始的时候那么轻易地忽略了它。直到它以一种深刻的面目、一种危险的情势凸显在眼底，我才发现它才是登上达古冰川的第一条路，而我们现在乘坐的才是第二条路。很显然，因为有了第二条便捷、安全的路，第一条充满荆棘、艰险的路，自然而然就被废弃了，它是那样孤独地摊在天地间，更像一条干瘪卷曲的死蛇躯体。

如果把写作看成攀越高峰，那么我们走的是什么路，应该走怎样的路？

阿来老师以他的写作经历和写作成就回答了我们。

在讲堂上，阿来老师不厌其烦地给我们详细讲述了法国著名飞行家、作家安东尼的传奇经历。安东尼一生喜欢飞行、冒险和自由，在航空公司服务时，开辟了多条新的飞行航道。二战期间应征入伍，法国战败被纳粹占领期间，侨居美国。又于归国后重新回到部队。1943 年，在他的强烈要求下，回到法国在北非的抗战基地阿尔及尔。他的上级考虑到他的身体和年龄状况，只同意他执行五次飞行任务，他却要求到八次。] 944 年他在次飞行任务中失踪，成为一则神秘传奇。除了飞行，用写作探索灵魂深处的寂寞是他的另一终生所爱。安东尼不是第一个描写航空的作家，却是第一个从航空探索人生与文明的作家。他的《夜航》《人类的大地》一经面世，便引起了轰动。然而，安东尼并不满足只描写孤悬于满天乱云之中，与高山、海洋和风暴的生死角逐。他从高空中发现人类只是生存在一个大部分是山、沙、盐碱地和海洋组成的星球上，生命在上面只是像瓦砾堆上的青苔，稀稀落落地在夹缝中滋长。文明像夕阳余晖似的脆弱，火山爆发、海陆变迁、风沙都可以使它毁灭无遗。由此他对寂寞的探索进入一个全新的高度，写出了绝世遗书——《小王子》，这本书至今全球发行量达五亿册，被誉为"阅读率仅次于《圣经》的最佳书籍"。

细细体味安东尼的传奇，再认真审视阿来老师的写作。从《尘埃落定》到《空山》《格萨尔王》《瞻对》，他哪一次不是在苦苦探索中寻找新的题材、起点与高度。

阿来老师说："写作是对自己生命的拓展。"

他还说："不断准备，不断开始，而不是准备与开始并行，这就是文学前行的路。"

在课间休息时，我和阿来老师近距离坐在沙发上抽烟，我的目光无意间落在他裸露的手臂上，心里陡然一震。在我的印象或想象中，一个作家的手臂像他的文字一样干净、文雅，而阿来老师的手臂上却疤痕累累，新添的一道长长的伤口，还渗着鲜红的血珠。那一定是他在来讲堂途中采摘那株草时划伤的。

坐在舒适的缆车上，看着脚下的那条路，回想起阿来老师的话，以及那双疤痕累累的手臂，我恍惚看见一个孤独的攀登者，不畏艰险，勇往直前，奋力行进在乱石与荆棘布局的障碍甚至是陷阱之中，用身体去感受攀登的苦乐，用思想去追随灵魂的脚步。在他的身前身后，路不断出现，又不断消失。而我们呢，在这之前，却一直期望有那么一条便捷、轻松、平坦的通途，就像现在乘坐的缆车，无情感的强烈驱动、精力的过分透支、思想的剧烈争斗，只需要一个按钮，我们便应时出发，沿着固定的清晰的线路直达山顶。

显而易见，在攀登文学这座高峰中，我们之前一直走着或期望走的是一条观光者的路，而不是一条攀登者的路。

路不同，经历不同，感受不同，结局自然不同。

很快，缆车轻松翻越最艰险的一段褐红色花岗岩山岭，到了达古冰川。我刻意看了一下时间，不多不少，刚好 15 分钟。也就是说，我们在短短 15 分钟内，轻而易举地完成了人生中的一次壮举一达巅峰。但我该怎么表述这项壮举呢？

站在天地间袒露着的人为搭建的圆形观光平台上，站在这个陌生的冰雪世界中心，亿万斯年形成的壮阔与悲凉，带着一股股蓄谋已久的深寒，扑面而来。好一个冰雪的世界——冷得人遍体通透，冷得人热情膨胀！尽管第四纪冰河鼎盛时期的平顶冰帽冰川因为全球气候的变暖，从山顶逐渐消退下来，风尘仆仆地畏缩在坚岩裸壁的软肋，我们仍能从退化的冰川前缘像树木年轮那样旋舞的波纹中，清晰地看到达古冰川的史前容颜，真切地感受到岁月的沧海桑田。亘古不变的唯有头顶深不可测的蔚蓝天穹，以及那轮永不谢幕的光辉太阳。此时此刻，它就像一个清醒着的久远的梦，轻轻覆盖在这个天荒地老的时空上面，让我们在自由的旋转中，如此强烈地领受十万群山向我们潮涌而来，感受到冰火两重天，感受到内心的豪气与苍茫轻易突破我们的身体冲上万丈高空。

这就是高度。对。因为有了高度，我们站在达古冰川的巅峰，虽然只是目前我们的足迹可以抵达这座山或这群山的一个终点，感受到自然与灵魂剧烈碰撞的力量与飞升。而这个高度，此时此刻，正洋洋得意、自以为是却又平心静气地袒露在一块立在圆形观光台中央的巨石上——4860 米。在它的头上，还有一行同样猩红同样傲气的大字：挑战自我。

不用我废话大家都能明白：这是一个人的雄心站在一个高度之上。

当一波又一波的游人，激动地站在这个有着标志意义的巨石旁，甚至把它踩在脚下，或张狂或平静地宣泄和享受这份无与伦比的自豪时，我却有些犹豫了——我真的挑战了自我，真的登上了这个不可复制的高度？那么我的挑战在哪里，我的征服在哪里？是15分钟的速度，是身体比它高，是身体抗住了高山与天穹中间的生存压力？

我很疑惑脚下存在的这个高度，因为我找不到自己的位置。

然后向下，沿着栈道走向达古冰川心窝里的一个湖。湖水平静得不像个湖。在湖岸边的栈道上，七八个奇怪的人挡住了我的脚步。他们中有的人盘腿如坐在莲花瓣中，有的人双膝跪倒在地板上，有的人坐在栈道边沿垂吊着双腿……尽管他们身姿各异，目光却一致向前，如一束束电光射向对面的达古冰川，昂首挺胸，放声齐唱一首众人皆知的歌：

是谁带来远古的呼唤
是谁留下千年的祈盼
难道说还有无言的歌
还是那久久不能忘怀的眷恋

哦我看见一座座山一座座山川
一座座山川相连
呀啦索
那可是青藏高原

是谁日夜遥望着蓝天
是谁渴望永久的梦幻
难道说还有赞美的歌
还是那仿佛不能改变的庄严

哦我看见一座座山一座座山川
一座座山川相连
呀啦索

那就是青藏高原

听着他们声嘶力竭近乎呐喊的歌声，看着他们庄严肃穆的神情，我深受感动，内心不由自主、自然而然跳出一个词——敬畏。是的，敬畏。在达古冰川面前，在这之前达古冰川脚下的讲堂中，我都听得十分真切。

不得不赞叹，阿来老师是一个记忆超强、能说会道的人，闻思修达到相当境界的人。听他的讲座，绝对是一种美的享受——他也对自然、语言、文学、人类文明的熟悉，通过感性的声音精确地传达出来，沁人心脾，引人遐思，启迪心智。从中，我们最能感受到的是他那份最诚挚的敬畏，对自然的敬畏，对生命的敬畏，对文字的敬畏，对文学的敬畏。从某种意义上说，是敬畏成就了他的文字和他的高度。

转身再看看当今的文学市场（恕我把文学和市场这两个原本关系不大的词语纠结在一起，事实就是这样纠结），一部分文人沉迷于把玩文字和编造神话的游戏当中，依据市场流动人口的需求、喜好甚至是偏执和妄念，像销售名牌服装、奢侈化妆品、假面道具、有机蔬菜、春梦、避孕药具一样苦心经营着自己的小店，他们成就了文学的一种。另外一种，系为数众多的文人，他们漫不经心地经营自己的文学花园，至于花的品质好不好，肥料下得够不够，花开得美不美，并不重要，反正自己就是一个爱花的花匠。

不管是把文学和市场捆绑在一起，还是毫不理会市场，他们中的大多数（包括我自己）对文字已经丧失了敬畏，没有固定的坐标，没有信仰的高度。生意不成仁义不在，种瓜不得瓜，指鹿为马，已经成为一种普遍现象。

而阿来老师从中国960万平方公里中一个偏僻的小小的阿坝州里冒出来，并在中国文学的发展史上写下浓墨重彩的一笔，同时也获得大众的喝彩，这本身就是一个值得深刻反思的问题。他成就文学的一种。或者说他是一种文学的典型代表。

站在遥远的达古冰川面前，听着那群陌生人高唱《青藏高原》，再想想尊敬的阿来老师，我隐隐听到自己的内心在对自己的身体说话：

准备好了吗？开始写吧。

岷山之巅

我们是过去的儿子
同时也是
未来的父亲
或者祖先

——羊子

一

当我呱呱坠落于岷山之巅的一个小小的山寨里时，我的种族，我的根，我的人生，我的命运，便已命中注定。一生一世，乃至后生后世，都被岷山牵连或是招引，都被这个自称"尔玛"外称羌族的民族打开或是合上。

生我养我的山寨，有个十分离奇古怪的名字，叫立壳。在我懂事后，我时常琢磨，立壳，它是古羌语的直接音译，还是后人给它安的一个汉名？它是指寨子的地理高度？岿然耸立于地壳之巅？还是暗藏着某种不可解读的启示？那时，我以俯瞰的姿态，卑藐眼下的漫漫群山，以及岷山脚下那条汹涌浩荡的岷江，在我们的眼里，那条滋养了成都平原的大河，只不过就是一根可以轻易扯断的绒线。我很自豪我们的高度！

寨子里有三十来户人家，七八十口人，户均有梯田三四十亩。我们沿着前生缘定的生存轨迹，一成不变的，日复年复的，顶风冒雪，日晒雨淋，借助铮、锄、镰之利，依托牛、马之力，将大块大块时间，连同我们的精力和粮食，种入土地，收进粮仓，填饱肚皮。饲养几头猪、几只鸡和少量的羊，补充我们的体力。我们没有文字（文字在传说里已经被羊给吃掉了），大都目不识丁，仅靠一代又一代人的口心相传，顽强延续自己的民族语言、古老酒歌、传统手艺，以及那些像风一样吹来吹去的古老传说。我们恪守祖祖辈辈留下的老规矩，敬仰白石头，祭祀山神，隆重地演绎我们的生与死，凝聚我们的种脉亲情。我们在没有光亮的夜晚，在学校宽阔的操场上，燃起熊熊的篝火，载歌载舞，排遣魁伟大山和困顿生活赋予我们的空阔寂寞。我们尊老爱幼，互助相帮，拧成一股绳，结为一条心，共同建构我们的生命和灵魂的窝巢。

我们就是苍莽大山中的一群小小的蚂蚁，穴居在世界的高处，以群体的力量寻求生存，以团队的精神相互取暖，以此来对抗大自然的荒疏和命运的未知判决，打破时间的无情间离和大山的强硬阻隔。

我们因此获得了丰富的个性，因此也失去了宽阔的境界。

我们的人生被黄土淹没，炕角上出生，土地上活命，大地下沉睡。我们的身体与灵魂被柔软的泥土塑造，敦实，憨厚，粗糙，温润，土得掉渣，不管你离开这片土地多远多久，别人一眼就能辨识出你身上所沉淀的泥土。我们的思想被黏稠的泥土堵塞，思想老土，少有的幻空奇想，不是胎死泥中，就是难以脱窍。我们的目光被层层的大山屏蔽，犹如井底之蛙，看不到山外山人外人，甚至连自己的祖脉根源也一无所知。我们安于现状墨守成规，除了对生活一如既往的幸福渴求，不期望有太大的改变，因为我们改变的可能极小。

我的到来，既续接了家族命脉，又延续了民族之根。我是我，又不是我。我是独立的个体，又是群体的集合。我是一个点，又是一个环。我还是一个体弱多病的书呆子。劳动对于我来说，就是一柄举不起的重锤，就是一把无法承受的利剑。这倒好，因为我的"闲"，我的头脑得到了空前的解放，有空余时间和精力装下泥土之外的东西，比如那些莫名其妙的书籍；有时间胡思乱想，不着边际，比如我们祖先的历史，比如泥土之外的人生。

我们羌族人非常敬仰白石，每家每户的门窗檐头和屋顶四角，以及我们祭祀的石塔和庙子顶端，都敬有一块块晶莹剔透的白石头。有了白石，我们心里就觉得踏实，仿佛那不是石头，而是神灵和我们住在一起。据寨中的老人们讲，在远古的时候，我们羌人的祖先和本地的土著戈基人频频发生战乱。在一场事关生死存亡的战斗中，眼看羌人就要惨败，情况十分

风语者 093 危急，就在这个紧要关头，我们伟大的天神木比塔施法降下了一场白石雨，巨大的白石砸在戈基人的头上，我们的祖先趁机奋力反

搏，赢得了这场残酷战争的胜利，在岷江峡谷中扎根下来，才有了我们的今天。每次听到老人们讲起这个故事时，我心里便会生出一个大大的疑问：既然戈基人是这个地方的土著居民，那我们的祖先又来自哪里？

寨子里有红白喜事的时候，乘着酒兴，老人们都会两两组合，唱一种极其悲壮艰涩的双声部酒歌，全寨人还会围成圆圈边唱边跳一种类似征战沙场的古老舞蹈。听我的阿依（奶奶）讲，在她还很小的时候，寨子里还有一些老人能明白歌中唱出的意思，他们一边唱一边翻译，全寨的人听了无不抱头痛哭，不能自已。那情景真是凄惨！在放猪的时候，我时常站在高高的山岗上，望着眼下小小的村寨，想，在这样一个只有三十来户人家的平静安详的村寨里，怎么会流传如此悲壮的老歌，歌里面究竟唱出了什么样的深仇大恨、悲惨境遇，让他们的后辈子孙痛哭失声，而我们的祖先又经历了怎样的磨难？

我们的寨子坐落在一面倾斜的阳坡上，祖祖辈辈依靠开垦出来的梯田过活。梯田的田坎很高，有的竟然达到两层楼高的惊人程度。在大人们匍匐劳动的时候，我则站在高高的梯田边发神，如此深厚的挖掘，需要多少代人的前仆后继，辛勤耕耘？那我们究竟是什么时候在这个荒坡上立足并一直延续到今天的？

大山无言，民族失语。

二

我们的改变，源于一条路的改变。路的改变，又源于大山沟里储藏丰富的林木，以及由伐木工人意外发现的童话世界——九寨沟。山脚下的道路因此由泥浆路，到砂石路，到柏油路。车辆由拖拉机，到大东风，到大巴士。由车马人稀，到车水马龙，挤满一条沟谷。

沉寂的岷山大川，被另一种坚硬打破，凝固的时间，被另一种速度激活。我们的耳朵、眼睛和内心，正被这种不速之客唤醒。好奇，像破茧而出的芽抱，从我们的心眼里，伸出稚嫩的手，接收一切可以接触到的新生事物。从此，我和小伙伴的生活中，便多了一项重要事情，那就是看谁见到的车型多，并"骄傲"于我们的孤陋寡闻。不怕你笑话，在那个时候，我就连摩托车也没见过，更别说看见吊车那类奇形怪状的大家伙了。我们时常在放猪或是打蕨菜的时候，站在山坡上，眼里充满了渴望，热切地俯瞰着山脚下那条细棉线一样的公路，甲壳虫一样的车子，从山的那边一点一点弯弯绕绕移动过来，然后从人间蒸发，消失在厚重的大山之中，通向一片结结实实的未知。

那不是一条路，而是一条流动的血脉，我们期望找到入口，或是出口。

最终，我因身体和头脑的解放，继两个军人，两个老师之后，率先走下了大山。先是上县府松潘读了小学、中学，后又下到茂县、汶川补习读中专，并把我的触觉延伸到山外的成都平原和更高的雪山草地。我成功了，跳出了农门，褪了农皮，我成了寨子里的骄傲。随着身体的转移，我与大山有了距离，有了以旁观者的身份，以平视的姿态，广开视角，参照汉史，寻找祖源根脉，重新审视岷山及历史背后的我们。

揭开历史的一角，我惊讶万分，我们羌族人的历史竟可追溯到人类开端的洪荒年代。历史学家任乃强先生在《羌族源流探索》一书中论述："人类出生地在赤道附近，热带雨林内，而印支半岛是孕育黄色人种的胎盘，羌族的祖先就是从缅甸等地沿横断山脉进入康青藏大高原的猿人……痴食色者，群居与沿海与河湖地区，并沿山林向北方移进，直到横断山脉的北部，进入青藏高原，形成羌族，她是亚、欧、美三大洲最早出现的人群之一。"

迄今为止，我国境内发现的最古老而又是比较成熟的文字便是3000多年前殷商时代的代表文—甲骨文。甲骨文中有一个也是唯—一个关于民族（或氏族、部落）称号的文字，即"羌"，是中国人类族号最早的记载。东汉许慎《说文·羊部》释："羌，西戎牧羊人也。从人，从羊，羊亦声。"应劭《风俗通》又释："羌……主牧羊，故羌字从羊，人因以为号。"殷周时，羌人活动在广大的西北和中原地区。商、周、秦、汉历代文献记载羌人大都在河（黄河）、湟（湟水）、洮（洮水）、岷（岷江上游）一带，而以三河即黄河、湟水、赐支河为其中心，过着以畜牧为主的游牧生活，同时也有了初期农业的出现。

贾逵《周语》注说："共工氏姜姓。"《太平御览》说："神农氏姜姓。"（姜即羌）《史记·六国年表》："禹生于西羌。"《太平御览》引皇甫谧《帝王世纪》："伯禹夏后氏，姒姓也，生于石纽……长于西羌，西羌夷（人）也。"谯周《蜀本纪》说："禹本汶山广柔县人也，生于石纽。"广柔在今羌族地区。今羌族聚居的茂县、理县、汶川、北川县皆有禹迹及记载，尤以北川县禹里乡的大禹遗迹、记载、传说等更为完整。徐中舒说："夏王朝的主要部族是羌，根据由汉至晋五百年间长期流传的羌族传说，我们没有理由再说夏不是羌。"

公元前21世纪，"兴于西羌"的大禹，携部分羌人进入中原地区，并在"四岳"的协助下，治平洪水，建立夏朝。部分与羌人有密切关联的姜姓贵族因辅佐大禹有功，被"命以侯伯"，分封为申、吕、齐、许等诸侯。夏末商初，西北地区的部分羌人不断向东部迁移，形成了北羌、马羌等几大部落，并与侵入关中东部地区的商人发生尖锐冲突。春秋战国时期，羌族人纷纷进入中原地区。汉代，在政府与羌族的作战中，又强制将战败的羌人迁到内郡，以至魏晋时期出现了"西北诸郡皆为戎居"的状况。到唐代，由于受吐蕃所迫，又有党项羌等羌族部落迁徙到陕西、甘肃、宁夏、内蒙古以及山西等地。这些陆续内迁的羌人，从秦汉开始到宋元时期，已陆续融入汉人文化圈，成为汉人的一部分。

据《西羌传》《秦本纪》等记载，自秦穆公到西汉前期，受外来强大军事压力的打压，羌人又分数次向西部、南部、西南部等地区迁徙。汉武帝"开河西，列置四郡，通道玉门"之后，王莽又在青海湖地区置四海郡，从此西汉政府用武力将羌族切割成若干的孤立单元。湟水、洮水、岷江流域及其以东地区大致处于中央政府的直接统治下，祁连山以南、青海湖以西的诸羌部落则被阻隔在河西四郡以南，和陇西、金城、武都、广汉、蜀郡以西的广大青藏高原地区，分布在新疆地区的各"氐羌行国"则被敦煌、酒泉等郡牢牢控制在阳关、玉门关以西，而进入居延地区的羌族也被困于巴丹吉林沙漠及其南边的张掖、酒泉二郡。这些被武力或自然地理切割成不同单元的羌族部落，从此走上不同的发展道路，并逐步融入或演化为其他民族。只有岷江、涪江上游等地区的羌族顽强保留了自己的民族个性，并延续、发展成当代的羌族。

纵观羌人的历史，有过无数的辉煌，但战乱迁徙几乎成为羌人的宿命。因为年代的久远，落差的巨大，羌文字的缺席，生活的安定，我们对祖先的遗忘是那样的自然而然。谁能相信坐在井底的自己曾在天空像雄鹰一样翱翔整个天空？谁又能凭借那些风一样吹来吹去的民间传说飞到真实的历史空间里去？

我们就是历史消化道里的一块顽石，肠胃磨掉我们的棱角，酸液腐蚀了我们的记忆，最终被排出体外，成为历史的弃儿。

我骄傲我们的辉煌历史，又悲恸我们的悲剧命运。我被巨大的波涛托起，又被血色的暗流淹没。

幸好，未向匈奴一样湮灭在历史之中！

幸好，我还能姓"羌"！

当我站在日新月异的繁华都市里，透过滚滚红尘，遥望岷山之巅那个小小的山寨和那些仍延续刀耕火种、人背马驮的羌族同胞们。我的目光长满荒凉。我越发觉得大山的孤绝、苍老、封闭，羌民的凄苦、落后、远离。那是黄金与泥土的对比，虽然它们都生于泥土，但质地和光泽，不可同日而语。

我站在历史的脉搏上，遥望历史，看到的是一种远古；我站在现实的土壤中，遥望故土，看到的不也是一种远古。

三

我的背叛，我原以为那只是一个例外，我只是泥土中自然脱落的一颗乳牙，并不影响山寨的生存与发展。其实我想错了，那是大潮流，大趋势。山外花花绿绿的美妙世界，以及由此滋生的大把大把钞票，那只是摆饰，不，那是最致命的诱惑！是牙，都想咬一口，哪怕伤筋动骨，或是脱离母体。

起初，寨子里几个"不务正业"的年轻人，乘农闲的时候，试探着从那个缺口进入，摸索泥土之外的生存之道。他们成功地打破了土地的界限，收回了无土培植的庄稼，捎来城市遍地机遇的信息。一夜间，涨满每个年轻人蠢蠢欲动的心。他们先与守土如命的父母交涉，然后又把土巴碗摔得叮当响，最后，他们在父母无奈而忧虑的目光中，像一群放生的羊，既兴奋又忐忑，奔向四面八方。土地少了坚硬牙齿的咀嚼，逐渐荒疏，一如老人空洞的口腔。

每年年底，他们回家了。大包小包，衣装时髦，腰板挺直，粉头粉脑，湮灭了泥土馈赠或强留在身上的印记。满嘴喷出机巧的城市与土语的混合物，而不是叽里咕噜的羌语。他们带来先进的城市思想，鄙视父母对土地的愚忠，包括和自己一起长大的牛马，厌恶湿泥脏了皮鞋和裤脚。他们藐视老祖宗留下的秩序和礼法，不敬白石，不崇神山，在他们眼里，那不过是一些愚昧的迷信道场。他们不是窝在家里看电视，就是凑在一起吆三喝五地打牌、搓麻将，生硬挤走传统娱乐。他们通过金钱的瞳孔，重新衡量一切，包括生养他们的土地。他们以精锐力量，以超前速度，在七八年间，击败老朽保守势力，摧毁民族千年奠定的根基，然后，在一两年间，重塑一个不伦不类的乡村。

他们中的一些人，包括我，真正实现了与故土分离，走远了，回不了头了。但是，这一走，我们却迷失了。一方面，我们脱了农皮，却无法割掉我们的泥根。我们骨子里的土，再华丽的衣裳也掩饰不了。城市拒绝一切和泥土有关的入侵。另一方面，我们掐断了来自泥土和民族的奶源，除了身份证、履历表上还趴着一个羌字，一无所有，一窍不通，和种族无关，和泥土无关。我们就是一群游离两地的候鸟。我们进退两难，陷入僵局。

这使我越发留恋过去的时光。每当我抽出一段时间，将身心交付故土。破庙一样的古老山寨，伤疤一样的层层梯田，木桩一样的古稀老人，清汤寡水的民族风俗扎得我心眼生疼，阻隔我的进入。我怀念的，只是一个远古的梦。与现实无关。

当我以悲戚的心情，退居山下，仰视那座寂寞的高山，和山上那座孤零零的村庄。我突然悟到：立壳，岿然耸立地壳之巅，高处不胜寒，那是多么孤独和绝望的现实和境界！

"我们是过去的儿子，同时也是，未来的父亲，或者祖先。"读到羌族诗人羊子的诗，我被悲怆击中！

在这样纷繁复杂的世界里，面对这样凄凉的结局，我们有何颜面面对我们的祖先，又如何做好未来的父亲，或者祖先。

迷失的路

早上出发时，夺沟寨的村支书李子华才赶着耗牛下山来接我们，顺道驮回政府发放的大骨节粮。粮食还未上驮，他便叫我们先走，顺沿河机耕道，过了桥，到了山脚下有一座推精粑的老磨房，然后，再从留有新鲜牛蹄印的山道爬上去，他随后来撵我们。

夺沟寨就在河对面的阳坡高处，远远就能看见几座坚硬的石头屋子支棱在瓦蓝的苍穹下，颇有些遗世孤傲的样子。寨子下面的斜坡，蓄满络腮胡子般的青枢I林。目标显而易见。我们披着牛奶般乳白浓稠的阳光，赞赏着醒目润肺的水光山色，很快来到村支书所说的水磨房前。那的确是一座古老的水磨房，山石围砌，树皮覆顶，全身遍布岁月锈积的苔藓，像一位历经沧桑的老人，蹲守在喋喋不休的溪水之上。一条清晰印着牛蹄的小道，伸入它身后的山谷树林中不见了。我们驻足赏玩一番，便顺着牛蹄印的指引进入山林。林中多杂树，除去以势众著称的松树，桦木出奇的多，皆象腿粗细，身姿歪曲，皮肤细碎如鳞，肤色黯红，锈迹斑斑，宛如巨蟒。我们沿着欢快奔突的溪水，在枝柯交翳的杂树丛中弯来绕去，缓慢向上爬行。

有好些年未进山了，我身体内外的感官就像一条条冬眠复苏的蛇，贪婪而放纵，把长长的舌信子伸入阳光、树木、溪水、石头、苔藓、小鸟，甚至是绿色的寂静和潮润的空气中去。我迷恋在山谷的感性美景中不能自拔，并把看风景作为人生一大快事！享受旅途美妙的过程，并顺理成章抵达最终的目的地，这样的旅程，这样的人生，恣意而完美，我想，这大概就是我们梦寐以求的理想人生吧！

但是，很快，我便消受不住了。因为多年未爬山，身体的钢质蜕化，惰性剧增，我明显感觉体力在阳光的焚烧和山势的对抗下骤然下降，随之，我的好心情，亦被狂躁不安的心跳敲打得七零八落，被暴涨的汗水冲洗得干干净净。原来，最纯净的享受也需要本钱，也是需要付出代价的。既然我付不起本钱，那么，享受也会变味，变脸，甚至于变质，有的时候，还会成为障碍，甚至是刑期的一部分。就说这树，这山谷中无穷无尽的树，我享受它的时候，它是无数张着美丽花冠的凤凰，是一群天姿优美的舞蹈演员；我厌恶它的时候，它是上天编织的一张大网，是大地设置的一堵堵墙，困住我的身躯，遮挡我的视线，蒙蔽我的心眼，使我看不清前路，也看不见来路，更看不见也许近在咫尺的目标。

突然之间，我陷入了迷茫。一天的大好时光已经过半，我的体力也已消耗殆尽，而我的目标究竟在哪里，路还有多远，我还能不能支撑到最后？这是一个严峻的问题，在我们的人生中，总会遇到这样的情形，我们也会时常追问苍天，拷问自己。但是，很多问题是没有答案的，抑或是，答案早就注定在命运之中，只是我们不知道罢了。

就在这时，我们接到一个电话，得到一个十分意外的答案。电话是村支书打来的，他说他已到家了，不见我们，问我们到底去了哪里？村支书已经到家了！我们诧异不已。这究竟是怎么回事？我们先他而行，且身无累赘，无牵无挂，他想赶上我们已很不易，又怎会赶着几头负重的耗牛，悄无声息地越过我们上得山去。难不成他们都长了翅膀？不会。只有两种可能：我们走的是不同的两条道路；我们走着同一条道路，但他在道路的某个关节点，走上了一条隐秘的捷径。而这条捷径，也许太隐蔽，躲过了我们的眼睛；也许被我们在看风景时，给粗心地忽略掉了。

人往往在赶不上别人或是被别人超越的时候，首先怀疑的不是道路的准确性，而是怀疑道中有道，或是道有捷径。这也难怪，在我们的现实生活的方方面面，的确存在着许多或隐秘或公开的小道和捷径。很多聪明的人，用心的人，有伏笔的人，就是沿着这些捷径，率先抵达，或是独自登顶。

谁又不想以最短的距离以最快的速度抵达目标呢！

但是，看世间，又有几人能幸运如此呢！

我们不用怀疑村支书的指引是否正确，也不用怀疑他是否包藏私心，因为他没那个理由，而我们也没这个必要。我们只能从源头从起点梳理上来，用心搜寻可能出岔的地方，或隐蔽的出口或入口。我们还在村支书的电话遥控下，像几只无头苍蝇，忽上忽下，来回奔波，在较小范围内搜索。我们不愿把过多的精力浪费在寻找下一条不知有无的路上，不管任何时候，保存实力，都是最明智的选择。

终于，我们的头脑与身躯，因为身处异境，茫然无知，没能找到另一条上山的路。

俗话说：回头是岸。可是，我们已浪费了太多时间，太多资本，走了太多的冤枉路，我们不愿也很难回到最初起点。即便是回去了，早已是斗转星移、人事全非了。更何况，回到起点，从头再来，需要极大的勇气，更需要付出沉重的代价。有些代价，甚至远远超出了我们所要得到的。

人生一世，岁月无情，时不我待，很多时候，我们别无选择，只能一条道走到黑。

于是，我们孤注一掷，循着村支书在山林深处依稀可辨的呼声，瞎摸瞎撞，终于找到了一条岔生的毛毛路，在分别五个小时后，又见到村支书，他正坐在林边的草丛里，漫不经心地搓揉着细细的草叶。看样子，他已经等我们许久，无聊透顶了。他歪着脑袋看着狼狈不堪的我们，以一副智者的神态，真诚地笑话我们的"傻"。

原来，我们走的是通往西边牧场的路，而不是通向东边山寨的路。目标不同，方向不同，道路不同，结局自然可想而知了。

出了林子，回头下望，绿色的林海，茫茫苍苍，浪荡而诗意，封住了我们的来路，也封住了我们的经历。一切皆是过眼烟云，像从没发生过。

再回到水磨房时，已是傍晚时分，一天的最后一抹夕阳，金灿灿地涂抹在古老的水磨房上。我一眼就看见，通往山寨的路，就在老磨房旁侧的草丛里，在它的身后，络腮胡子般的青枢I林，无声肃立，像一种沉默的昭示。

可是，为什么我们竟然还会走错路呢？

灭鼠记

这个世界，狼狈可以为奸，猫鼠可以为友，人狗可以同床，不足为怪！但我无论如何也不能和共处一室的老鼠成为朋友的。

它乘我不在家的时候，搜刮我的粮食，啃坏我的皮靴，撕碎我的棉被去垫窝，还在我的床单上拉屎拉尿。粮食吃了也罢，我还接济得上，被子、皮靴啃坏了也罢，我还换得起。可我最不能容忍的是，它明知我在家睡觉，还故意拖着一根塑料口袋，来回奔跑，弄出"喊喊嚓嚓"的声响，吵得我睡不着觉。气得我暴跳如雷，乱吼乱叫，敲桌子打板凳，一晚爬起来好几次，提起拖把四处乱捣。狡猾的老鼠，每见我兽性大发，便缩进某个阴暗角落，一声不吭。等我爬上床，关了灯，正要睡去时，它便又故技重施，还"嗑嗑咯咯"地磨着牙齿，尖叫着向我叫板："你个瓜娃子，你妨碍我的好事，我就让你不得安生！"

那段时间，我确实被老鼠折磨得无法安生，晚上睡不着，大白天精神恍惚，萎靡不振，工作起来像是还在做梦。领导见了我，似笑非笑地说："年轻人，晚上少熬点夜，对身体不好！"我明白他的话绕了弯，他关心的不是我的身体。我尴尬地笑笑，算是回应领导的关心。我没法给他一个合理的解释，说最近身体不好又没见上过一次医院。说叫老鼠折腾得彻夜不眠，七尺高的汉子竟然被一只小老鼠折磨得不成样子，那不是借口，而是笑话，这样窝囊的事，我怎说得出口。这越发让我恼火。死老鼠，你吃我的，住我的，还要摧毁我的意志和生活，我非除掉你不可！

起了必杀的念头后，我便去县城买了几包耗子药。在回家的路上，我一想到老鼠吃了毒药口吐白沫垂死挣扎的样子，心里美极了。回到家中，我立即在馒头里塞上毒药，小心翼翼地放在书柜和床的夹角里，兴奋地期待那一幕惨剧的发生。接连三天晚上，那只老鼠照例出来倒腾，可就是不吃那有毒的馒头，直到馒头生霉发馊。我失望之极，一气之下将耗子药全扔进阴沟里。

"糖衣炮弹"既然失效，我只得采取一贯的铁腕手段——死守强攻。那天晚上，我抱着决一死战的决心，不关灯，不睡觉，拖把不离手，静坐床边死等老鼠出现。机警的老鼠像是嗅出了异常，也耐着性子，躲在黑暗角落，一声不吭。直到凌晨三点，老鼠才试探着弄出点动静，反复数次，在确信我睡实了之后，才慢慢从床底探出头来，滚动小眼珠，刺探军情，侧着耳朵，探听虚实。我耐着性子等老鼠完全暴露于明光之下，提起拖把向它猛砸下去，它"哧溜"向前一纵，躲过了我的攻击，迅速退回暗处。我万分沮丧地放下拖把，以为它不会再上当受骗出来受死了，哪想，老鼠很快又出现在我的眼前，泰然自若，仿佛什么事也没发生过。我急中生智，何不来个以静制动，于是我提着拖把，僵直不动，静观其变。约莫过了十来分钟，老鼠果就把我当成了一个木头，来到我的脚边，东嗅嗅，西闻闻，还试探着想从下垂的布条上爬上去。我尽量克制，等它完全处于拖把下方时，猛地砸下去。老鼠像是预料到我会来这一手，闪电一般，转身从我的胯下蹿过，站在墙根处，冲我得意地叫着。我竟然叫老鼠给耍了。我气急败坏地冲上去，抢起拖把狂追狂打，老鼠竟优雅地蹦来跳去，和我玩起游戏来。直累得我汗水直流，筋疲力尽。我是彻底被这只小老鼠缩败了。

我只得放弃杀死它的努力，敞开门窗通风，瘫在床上喘气，看着它在我面前耀武扬威。哪想，它在我面前炫耀了几圈后，竟然唱着胜利的凯歌，大摇大摆地走出门去。我一阵狂喜，赶紧关门闭户，我终于可以和老鼠说再见了。

事后，我思前想后，老鼠能进入我的房间，是因我的门留有缝隙，给它以可乘之机；老鼠能在屋里生存，是因我生活不检点，留有余粮，有死角容它藏身。在灭鼠的问题上，我犯下一个致命的错误，我不从根本上入手，查漏补缺，洁身自好，而是将它关在门里，遮遮掩掩，企图内部解决，结果一团糟。

我应该正视这个问题，广开大门，它从哪里来，就请到哪里去。

流浪狗

　　每年十月下旬，草原便干枯起来，一阵狂过一阵的风，吹枯了草，催朽了山，刮地而起一层层狂躁的泥沙，也卷来一群群放荡的野狗，在河滩上、小巷里，蒙头乱窜。

　　我家在河边，一大早，四五十条野狗，黑压压的，与风沙一起，在河滩上发狂地奔跑、吵闹，宣泄解脱锁链、关押获得自由的快乐。之前，它们蜷缩在肮脏的角落，每走动一步，铁链像一条潜伏的响尾蛇，哗哗跟进，寸步不离；项圈紧紧勒住脖子，唯恐留下一丝脱逃的缝隙；见了主人，它们立马迎上前去，殷勤地摇尾乞怜，谀媚地轻声讨欢；一有风吹草动，不敢怠慢，没日没夜地拼命扑叫；挨了训斥，耷拉着脑袋，不敢申辩，挨了棍棒，呻吟着用舌头舔犊伤口；没有伴侣，在炎炎烈日下，吭哧吭哧，伸卷猩红的舌头，暴晒那根青筋暴起的红萝卜阳具；没有同伴，在漆黑的夜里，"嗷嗷嗷嗷"，回应一堵堵高墙内传出的同样幽深的寂寞……现在它们自由了，没了主人，没了项圈，没了响尾蛇，没了围墙，它们放松着脖子，放纵着脚步，摇摆着尾巴，尽情与同伴们在宽阔的河滩上来回地奔跑、追逐、嬉戏、亲昵，像一群顽皮的孩子，荒凉的河滩被它们吵闹得失去了冷漠的秩序。

　　然而，这样的自由快乐，在三五天后，便被饥饿粉碎。狗不同牛羊，虽都生来失去自由，牛羊是为人类生产营养和财富的，而狗却是为人类看管财富的。牛羊虽说在刀口上过日子，却获得了充分的生存自由权，主人还生怕亏了它们，屁颠屁颠跟在后面四处寻好料；而狗做了人的"管家"，完全受制于人，就连饭碗也紧紧捏在主人手里，眼巴巴地等待施舍。久而久之，它们完全脱离了原有的生存轨道，成为人的附庸，彻底失去了自己，失去了独立生存能力。牛羊再怎么不堪也不会遭到遗弃，谁会白白丢掉自己的财产！而狗就不一样了，不管以前如何卖力如何功勋卓著，老了，眼花了，力不从心了，不能保护主人的财产了，便被生猛力量取代，被主人冷落，甚至抛弃，丢掉系命的饭碗。被抛弃的它们，在短暂的欢愉过后，肚皮荒芜了，而同样荒芜的大地，除了西北风，已不能给予它们果腹的食物，加之捕食能力退化，生存危机锥子一样尖锐，轻易地戳破它们昙花一现的自由。它们成天夹着尾巴，瘪着肚子，脑袋贴着地面，眼睛光着火，鼻孔呼扇起尘灰，四处仔细地搜寻天上掉下来的馅饼、地上冒起来的肉丁。

此时的草原，显露出一种丰收和颓败交织的复杂情绪，麦子折了腰，头颅被塞进了粮仓，一些膘壮的牛羊，被刀子分割成块，悬挂在市场上，冷冻在冰箱里。我家门前的排水沟，被滚滚而来的污血与粪便搅成了糨糊，在阳光的照耀下，散发着熏人的腥臭，浮油闪烁着迷离的光晕，见不到一丝蓝天白云的影子。一天到晚，推着翻斗车来河边洗杂碎（牛羊内脏）的人络绎不绝，留下烘臭的肚粪和琐碎的肉筋、肠子。已好些天未沾荤腥的流浪狗，敏感地嗅到气味，蜂拥而来。然而，有限的食物怎能满足庞大的蠕动的胃，看到一截肉肠，几条甚至十几条狗眼冒绿光，虎视眈眈，龇牙咧嘴，发出闷雷般的威吓声，发疯地扑上去，绞在一起拼抢、撕咬，惨厉的尖叫声响彻云霄，让人心惊肉跳。身强力壮的胜利者叼着美味独自享受去了，丢下眼泪汪汪、皮开肉绽、鲜血淋淋的狗，在那里绝望地哀嚎着，痛苦地呻吟着。残酷的生存竞争让狗明白，要想活命，必须几条狗联合起来，死守一个地盘，坚决抵御外敌入侵。经过一番又一番的筛选较量争斗，各自的队伍和地盘渐渐稳固下来。而那些年老体弱、疾病缠身、伤痕累累的狗，便被淘汰，孤魂般游离于圈子之外，最后饿死病死在荒凉的河滩上，尸体东一具西一具，无遮无掩，任风削割，任蚊虫叮咬，肉体渐渐腐烂、发臭、消散，只剩下一张残破的臭皮囊。

待宰杀牛羊的势头一过，河滩空荡下来，偶有几只丑陋的秃鹰，在狂风中，一动不动地蹲守。为了生存，流浪狗鼓起勇气，转战城镇的大街小巷，在人烟密集的地方汇集、闯荡，寻找活路。那些被人吓破了胆的，不敢入城，又被淘汰一些，做了饿死鬼。起初，它们见人还躲躲闪闪，小心谨慎地贴着街沿的墙壁走动，后来，胆子大起来，公然在街道中央穿梭、晃悠、跑动，反而让行人和车辆惊恐地躲闪起来了。它们觅食的主要场所是馆子，一天中的大部分时光都在馆子门口磨蹭，见吃饭的主掉下或扔下一点残羹,便畏畏缩缩凑过去,殷勤地摇着尾巴,猫着腰,钻到桌子和吃饭的裆下,伸出舌头舔食殆尽,顺便还感激地舔舔赐予它食物的脚,但往往会被那只脚狠狠地踢出来。抑或是几条狗轰地冲上去拼抢,惊起一片尖叫。一些聪明的狗,可怜巴巴地守在一些单位的门口,那些剩饭正愁没地方倒的住家户,顺手送个人情,久而久之,这些狗便成了单位的一员,俨然是城镇的合法居民了。它们非常明白"吃人嘴短、拿人手软"的道理,自觉自愿地肩负起看家护院的责任,只要有生人来,冲上去就是一通狂吠和追咬,弄得那些前来办事的人进退两难、惊慌逃窜。一到晚上,在黑夜的遮蔽下,流浪狗浩浩荡荡地从东街晃到西街,又从南街晃到北街,惊得夜行人高度紧张,慌忙躲避。城镇在疲惫中睡去,惟有狗的叫声哗然一片,让人疑心,这个城镇只有狗,这是一座狗的城镇。

日子在狗的浪荡中,渐渐逼近寒冬,几场雪下来,气温陡降至零下,冷如冰窖。人们一律龟缩于厚厚的棉衣棉被,拥向温暖的火塘。街上的行人日渐稀少,馆子的生意清淡如水,狗的生活来源随之寡淡下来,肚皮快瘪到脊梁骨上去了。它们有气无力、漫无目的地在荒寒的街巷里摇晃,刺骨的寒风把它们削刮得日益枯瘦,稀疏的皮毛如凌乱的杂草瑟缩于贫瘠的沙滩上。到了冬至,那些对狗肉满怀深情的人,提着棍棒、刀叉、捕网等,四处搜罗,一些还有些膘壮的,便被扒了皮剁成小块,和着烧酒,暖和了人的身体。剩下一些躲过劫难的老弱病残,继续在冰天雪地里艰难地求生存,像一个个失魂的幽灵。雪越下越大,气温越来越低,一些敌不过饥饿寒冷的流浪狗,便在人们"瑞雪兆丰年"的赞美声中,在人间团圆喜庆的烟花爆竹声中,悄然死去,厚厚的雪将它们埋葬,整个世界一片冰清玉洁、纯净安详。草原的冬季似乎漫长得没有尽头,狗的身影越来越少,叫声越来越稀薄,我们几乎忘了它们的存在,只在冷清的夜里,稀稀拉拉的几声犬吠,像在哭,把寒夜点缀得格外凄凉、拉得特别漫长。

直到来年的三四月份,随着大地的慢慢解冻,气温的逐步回升,一些流浪狗竟奇迹般冒了出来,肮脏的毛胡乱纠结黏糊在身上,像受潮了的破棉絮;一根根肋骨斜插在腰间,稍一动弹,肩胛骨直愣愣地冲撞起来,似要破皮而出;枯瘦的脸深陷于荒草丛中,像戴着面具的骷髅;骷髅里的眼睛,散发着荒寒的冷光。它们病快快、瘦骨伶仃的丑陋模样,令人毛骨悚然,心生厌恶和恐惧。直到五月下旬,草原才算真正摆脱了寒冬的统治,阳光热辣起来，生命蓬勃起来，流浪狗也缓过神，身体渐渐壮实，只是陈年的旧毛迟迟褪不下来，而新生的毛，因为营养缺乏，稀稀拉拉地生发着，看上去，像癞蛤蟆的背部。它们上午和下午在饭馆门口、垃圾堆里晃荡，中午便躺在街道两边的绿化带里晒太阳睡大觉，干硬的粪便拉得到处都是，既影响了市容市貌，又成为疾病传染源。更可怕的是，它们一见人，便龇牙咧嘴，发出"嘿嘿"的威吓声，甚至疯狂追赶扑咬，凶狠异常，常常有人被咬伤，急忙赶去疾控中心注射狂犬疫苗，整个小城被它们搅得惶恐不安。

前不久，迫于情势危急，有关部门下达了捕杀野犬的红头文件，小城的人们奔走相告，像是终于盼来了一场屠杀。红头文件说明了原因，讲明了要害，明确了分工，落实了责任，还列出一长串领导小组成员名单。为使捕杀野犬工作深入人心，还在县电视台上滚动播出了消息；在街道十字路口组织开展了以"加强野犬管理、预防疾病传播"的宣传，顺带还配发了印有"关爱生命、控制包虫病"字样的围腰。在做足了宣传工作后，打狗工作开始了，原计划用麻醉枪，后因条件有限，改为棒打。于是，打狗队开着车厢上印有"人道、博爱、奉献"字样的车浩浩荡荡地满街搜寻，见到一只，马上停下车，几个戴白口罩白手套提着棍棒的人迅疾围上去，狗在前面哀嚎着拼命奔跑，他们就在后面奋力地追赶，追上了，其中一个用长木棍头子上拴着的铁丝圈套住狗的脖子，另外的人用木棍猛击头部，就三四下，狗便停止尖叫，瘫在地上死了。他们将狗从角落里拖出来，一个白大褂从车上拿一根口袋，几人小心翼翼地将死狗装进去，束了口，扔进车厢里。另一个戴着口罩背着消毒液的白大褂，立马上前消毒，仿佛狗尸沾染的土地已染上了病毒。

经过几天的追杀，流浪狗没了踪影，街上一下清静下来，人们的威胁解除了。但我们都知道，只要有人养狗，就有人弃狗，当它们威胁到人类的生存时，就会被无情地消灭，这样的事情永远没有尽头，我们人类与自然的关系不就是这样一步步恶性循环到今天的吗？

身体里的神

带着父亲的棉袄上路

在我整理行囊的那天下午，父亲跟着我忙前忙后没个停歇，其实他什么忙也没帮上，反倒帮了不少倒忙。他一会儿说我装的棉絮少了，一床不够两床，两床不够三床。一会儿又说我带的衣服薄了少了，三件不够四件，四件不够五件。害得我的行囊一再膨胀，大大超出了我一切从简的出行计划。

到了晚上，已经熄灯躺在床上的父亲，像是突然想起了什么重要事情，一跟斗翻身下床，拉开灯，"叮叮咚咚"走到衣柜前，"畦里啪啦"地在衣柜里翻找着什么东西。最后他翻出一件羊绒棉袄递到我面前一K是父亲穿了几十年的老棉袄，深蓝色的布面褪变成了浅蓝色，袖口和领子已经磨得油光水亮，里面的羊绒倒是柔软、暖和，但看上去不像是羊绒，倒像是里面藏了一条旧毛脱不下来、新毛长不出来的逾里逾遢的老狗。

"带上这个！"父亲温和地对我说。

"带这个干啥子？"

"御寒嘛，还能干啥子！草原气候恶劣，天气变化无常，出门在外，还是多做一点准备的好，以防万一嘛！"

这还是热火朝天的九月间，怎用得着厚厚的棉袄？这样的以防万一、有备无患是不是过了头？更何况我的行李已经够多够沉的了，再带上这件足有三四十斤重，体积赶得上一床棉絮的棉袄，这不是给我增加负担吗？

我说什么也不答应。

父亲急了，气冲冲地命令道：

"你是不是啊，冬生！……你是不是长大了啊，翅膀变硬了，能到处飞了，再不听阿达（父亲）的话，啊！……带上，必须带上！"

不由分说，他立即打开衣箱，将臃肿的棉袄强行塞进去，压瓷实，却怎么也封不了口。于是他找来一大截绳子捆在箱子外面，活像一包五花大绑、快要爆裂的粽子。而后，他一只肩膀上挎着捆绑得像炸药包的棉絮，_只手提着硕大的粽子，掂量掂量，抖了抖，故作轻松地对我说：

"你看看，不就是多带一件衣服嘛，哪有你说的那么老火嘛！"

又说："不听老人言，必定受饥寒！"

然后心满意足地关灯睡觉去了。

我又要上路了。其实，我一直都在路上。只是我这次上路和以往有所不同，我不再是蹒跚学步的孩童，不再是四处求学的学子，而是走出学门，离开父亲，向西，向西，到一个遥远而又陌生的地方自谋生路，去开辟属于自己的未知人生。

这真是一个茫然甚至有些悲怆的开始，自从我接到那张决定我前途命运的轻如薄翼却又重如磐石的纸——分配通知书，我就跌入了人生的低谷。尽管那张纸上非常明确地写着"阿坝县"三个字，但这三个字以及它背后究竟隐匿着怎样的一种现实生活，我却从未听闻过。村里一些去过那里挖药挣钱的人告诉我：

"阿坝，喔，阿坝好呀！草原一眼望不到边，牛羊蚂蚁子一样，多得数不清，还有挖不完的虫草贝母……"

"你真的要去阿坝，那个鬼地方，天远地远的，荒凉得要死，冷得要死，连烧的都没有，竟然烧牛粪，脏兮兮的，啥子生活喔……"

无一例外，这些人最后还是撂下他们的同情走了，让我陷入巨大的悲伤之中。

我不是去挖虫草贝母，不是去放牛放羊，虫草贝母再多，牛羊再多，与我有什么关系！我就只是一个小小的教书匠，一个准备长期承受荒凉、承受冰冷、承受寂寞的人。从此以后，背井离乡，远离可亲可敬可怜的父亲。从此以后，人生偏离，回头无岸。在这之前，我一直期望在自己家乡工作生活，哪怕分配到再偏僻、再艰苦的地方我也不在乎，那样我就可以贴身照顾含辛茹苦把我和弟弟拉扯大的单亲父亲。他是我这一生为之奋斗的一个起点，一个终点。可是，当我终于盼到可以回报父亲的这一天了，命运却那样的无情，我终将无可避免地离开父亲，孤身一人走向遥远的荒凉草地。

面对这个无言的结局，父亲捏着那张纸的手簌簌地颤抖着，满脸阴郁地沉默着。那一刻，我发现父亲真的老了，两鬓斑白，面容憔悴，身体单薄得可怜。我的心像是被谁狠狠揪了一把。过了一阵子，父亲却转脸装出一副高兴的样子，语重心长、语无伦次地对我说："好哇……好哇，年轻人就应该志在四方，就应该四处闯荡闯荡……远了好，远一点好，无牵无挂，正好可以努力奋斗……你看，哪有成功的人不经历一番磨难……你要对得起那里的藏族孩子……是金子哪里都能发光……"

可怜的父亲啊，在他的儿子即将远离他踏上未知的旅程时，他却深深隐藏心中的忧伤，还在宽慰、鼓励我，还想着我的奋斗，想着要对得起别人，想着我是一块金子。

在上路前的那些日子，父亲一天到晚陪着我，一点芝麻点大的小事——比如注意保暖，他天可以反反复复叮嘱我十几次，直到我不耐烦地应付他："我又不是小孩子了，我晓得！晓得！晓得！""你晓得个屁！"他不满地埋汰一句，像是和我赌气，沉默一会儿，然后转移话题接着说赶车、穿衣、教书、吃饭、交友、抽烟、喝酒、打架……我实在忍不住再次打断他，他便又沉默一会儿，然后继续转移话题，没完没了地说下去。说到最后，最终还是要回到注意保暖的这个问题上。在他看来，我三岁时没了妈，亏过奶，底子薄，身子弱，经不起风寒，注意保暖绝对是一个关乎健康、关乎命运的大事。

真拿他没办法，我的耳朵快生起一层老茧了，而这层老茧的主要原材料就是：保暖、保暖、保暖

最终，他的唠叨没有白费，他的努力没有白费，我的"炸药包"和"粽子"就是最好的例证，那件又老又旧、不合时宜的羊绒棉袄就是最好的例证。

我只有妥协的份了，最后只得无奈地抱怨一句："赶车麻烦嘛！"

"又不要你驮！"

哎，真是一个犟拐拐！

第二天一大早，父亲像以往送我出门那样，在送我的路上和候车的当儿，啰里啰嗦，翻来覆去叮嘱我出门在外要照顾好自己，然后默默地站在公路边目送我渐行渐远。稍微不同的是，我感觉那不像一个夏天的早上，特别的冷，许是心境悲凉的缘故吧。

汽车翻过大山之后，便完全暴露于无遮无掩的旷野之中，像一叶颠簸

大海中的小舟，随时有被巨浪掀翻的危险。这是我第一次进入草原，进入一个全新的开阔时空里，无边无际、坦坦荡荡的绿草地，蓝得让人梦魇、让人迷失的天穹，棉花糖一样浑圆、甜美的云团，像一个久违的梦，打开我禁锢的心灵和眼睛。可是，在短暂的新奇过后，我便被眼前这个巨大的空旷，推向了更远的悲观迷茫：在这茫茫的宏天阔地之中，等待我的将是什么？我将在何处安身立命？我会不会在这漫无边际的空旷中迷失了方向？

中午一点左右，汽车抵达我此行的第一站——若尔盖，便不走了。我必须在这儿过夜，第二天早上换乘甘南的车到达目的地。也许是一种偶然，也许是命中注定我必须接受这样一次洗礼，然后才真正明白这个世界上有一种看起来十分盲目的爱，多么重要，在你需要的时候，它可以像卫星定位那样准确地找到你，给你最珍贵的温暖，让你不至于在茫茫的时空中迷失。因为那天，就在我下车之后，我遇到了之前一直认为有悖常理、绝不可能在夏天发生的事情——天边的若尔盖，在热火朝天、生机盎然的九月里，竟然不可思议地飘起了鹅毛大雪，而我居然带着父亲那件又厚又重的羊绒棉袄。

那真是一场疯狂的降雪，漫天雪花旋舞，笼罩茫茫草原，眼前的世界仿佛被这种耀眼的白填得满满的，又像是被这种白完全抽空，只剩下越来越模糊、越来越虚无的轮廓。阴风刮骨，气温从零上二十多摄氏度骤然降到零下几摄氏度，只穿了一件短袖的我，就在一瞬间从夏季穿越到冬季，顿时冻得瑟瑟发抖。我赶忙在车站破旧的小旅店挂了号，缩在被子里取暖。被子薄薄的，像是刚从冰箱里取出来的，冷冰冰地贴在我身上，我藉它温暖身体，反倒是让它吸去了我的微量热素，遍体冰凉，手脚僵直，心底荒寒，像是掉进了冰窟窿。

出于一种本能的需要，我马上想到了父亲的那件老棉袄，于是赶紧跳下床，取出老棉袄，索性脱光身子，像一只迫于冬眠的动物，迅速钻进那毛茸茸的柔软的羊绒里去。渐渐地，我的身体被一种饱满的力量温暖过来，我的心被一种潜在的因子激活。我轻轻地抚摸着温润的羊绒，呆呆地望着窗外簌簌飘落却又像是静止不动的雪花——父亲那张写满忧愁的消瘦的脸，站在路边离我越来越远的枯瘦身影，以及那些没完没了、零零碎碎的唠叨，从我的眼角纷纷滴落下来，和父亲的体温融合在一起。

是我在经历了一场夏天的冬雪之后，内心下起的另一场没有季节的大雪。

多年以后，不管我经历了多少场夏天里的冬雪，若尔盖的那场大雪，始终是我内心中最鲜活的记忆。在那场铺天盖地的大雪里，一个关于夏天、冬雪、父亲、棉袄的故事，就像一则简单而又深刻的寓言，告诫我人生从来不是一帆风顺，激励我负重前行绝不回头。它的最终指向不是夏天里有寒冷的冰雪，而是雪降落在温暖的夏天。

父爱如此悲伤

在我三岁，弟弟还张着小口嗷嗷待哺的时候，我那狠心的母亲便抛下我们父子三人，头也不回地走了，从此再也没有回来。

在我懂事后，奶奶告诉我，小时的我，因为母亲奶水不足，又不肯吃奶粉，就喜欢吃那没多少营养的饼干糊糊，起码吃掉了一麻袋饼干，也吃掉了父亲那点微薄的工资。身体因此极度虚弱且多病，经常莫名其妙地晕死过去，吓得一家人半死不活，还以为我活不下来了。弟弟因为母亲的离去，吃不上奶，又不肯吃其他东西，就没日没夜没完没了地嘶声啼哭，一张小脸涨得通红，小嘴憋得乌青，急得一家人如热锅上的蚂蚁，实在不行了，奶奶将她干瘪的乳头塞进弟弟的嘴里，他狠劲地咀啊咀，咀出血来也不顶事。对于那段不堪回首的经历，母亲又是怎样离去的，父亲绝口不提，他尽量不让我和弟弟感觉出生活的异样，活得和村里其他孩子一样自在，以至于我们兄弟在相当长的一段时间里，竟然无视自己曾有过母亲这一铁打的事实。父亲只是在生活极不如意极度丧气时，才会怜悯地看着我们，咬牙切齿地骂上几句："牛马生了儿女，还会用舌头舔干净，可你们的妈妈呢，生下你们就像拉一泡屎，头也不回地走掉，天底下哪有这样狠心的妈呀！"

父亲一边教书，一边种地，一边又当爹来又当妈，伺候我们兄弟，生活过得十分杂乱而清苦。在我幼时的记忆里，父亲永远都是那么忙。每天天不亮起床，服侍我们起床、穿衣、洗漱，煮饭，伺候我们吃饭。然后领着我们去上老半天的连堂课。放学后又领着我们去田间干活。天色暗了，便又回家张罗晚饭，顺带搓洗衣物。我们吃饱了，睡下了，父亲便又趴在灯下备课到深夜。在村里，我们家的灯总是亮的最早也熄的最晚。因为过度劳累，加之精神上的创痛，父亲身体虚弱，憔悴不堪，脸上至今仍保持着那种秋霜榨下的冷灰色。父亲为了我们兄弟吃好穿暖，不叫人家笑话，遭人冷眼，不惜花费"巨资"，为我们兄弟买那时农村孩子穿不起的高档衣物，吃不到的糖果零食，玩不起的高档玩具，超标准地享受到城里孩子的待遇。而他自己，永远穿着那几件被水漂洗得失去本色的补了又补的旧衣服。父亲总觉着亏欠我们兄弟的太多太多，他只有拼命地付出，再付出，加倍地弥补，再弥补，在物质上、精神上给予我们最大的支持和永久的抚慰。

父亲这种超负荷的透支，他的兄弟姊妹和一些同事朋友实在是看不下去了，多次建议父亲再找一个老婆，一来可以帮着抚养两个孩子，二来老了有个依靠，还为他介绍了对象。有一次，是一个冬天，父亲带着我和弟弟到县城去玩，到一个非常气派的学校（后来我才知道那是城关一小），进了一家人的屋子。到现在我还隐约记得，那家人屋里烧着火炉，火炉旁摆着沙发，对面的高台上放着一台彩色电视机，很现代，很温暖。我和弟弟第一次坐上那么柔软的沙发，第一次看上电视，而且是彩色电视，电视里面播放着一个小女孩与蛇妖、鬼怪斗智斗勇的动画片，很好看。我和弟弟看得津津有味，全然不知父亲与那家女主人在里屋谈些什么。后来，父亲出来了，叫我们走，女主人一再挽留我们吃饭，父亲执意不肯，我们还责怪父亲为什么不叫我们多看一会儿电视呢。这件事过去好几年，父亲才对我们说，那天他是去给我们找后妈的，那个女的满口说她很喜欢我们兄弟，还说以后一定对我们好。父亲起初也有了一点意思，但当得知她还有一个女儿时，父亲动摇了。父亲说：人家是城里人，条件好，我们是乡巴佬，条件差，万一以后她变了卦，只爱自己的女儿，嫌弃甚至虐待我们兄弟，我就是对不起自己，也不能对不起你兄弟俩。这件事也就不了了之了。

还有一次，父亲一个朋友在南坪县（现在的九寨沟县）给父亲介绍了一个，说那个女的很好，会对我们好的，叫父亲千万别错过，一定抽时间去看看。那时我已读三年级，弟弟也读二年级，醒事多了。临行前父亲给我们做思想工作，记得那是一个夜晚，天很黑，灯光很亮，我趴在寝室红木方桌上做作业，弟弟趴在矮凳上做作业。父亲像是教学生做一道极难的应用题，绕来绕去，终于理顺了数理关系，点到正题上来。父亲说："儿子，你们都大了，懂事了，阿达（爸爸）虽然对你们好，但再怎么好也不能替代妈妈的爱，你们看，我们这个家，家不像家，屋不像屋，阿达想给你们找一个后妈，让你们过上和其他孩子一样有妈妈疼爱的生活，你们看要得不，要是不行，我就不去了。"我不停地摆弄着铅笔，脸涨得通红，羞涩地点了点头，心里既有一种隐隐的期待，我终于要有妈妈了，又有一种莫名的恐慌，都说后妈不好，要是后妈虐待我们怎么办，要是那样，我们还不如死了好。弟弟见我点头，也跟着点头，脸上的表情和我差不多。那晚，我第一次失眠，还睁着眼睛尿了床。第二天，父亲便和他的二弟一同前去，一去就是好些天。那些天，我无时无刻不处在一种既兴奋又焦虑的恐慌中。终于，终于，父亲和二爸回来了，什么人也没带，什么话也没说。这多少让我有些失望，又有一种如重释放的快慰，真是很矛盾。后来有一天我偶然听见了大人们的谈话，父亲说他和二爸披着雨衣，冒雨走了两天的山路，才到了那女的家里。对方也是一个老师，人倒是很好，没得挑，就是有两个娃，条件比我们还惨，要是以后好上了，她虽然对我们好，但我们兄弟一定会吃不少苦头的。我不能太自私了，我不会叫我的儿子跟着吃苦受罪的。于是，这件事也就泡汤了。

以后，不管亲戚朋友如何苦心劝说，父亲也很明白，要不再找个老婆，拉扯两个儿子的重担会压垮他的人生，自己最后还很可能落得个孤家寡人的下场，但为了我们兄弟不受一点委屈，父亲还是断然拒绝了。他含辛茹苦一门心思把我们养大成人，无怨无悔地苦苦支撑着这个残破的家。后来，我和弟弟翅膀硬了，先后离开父亲，去远方读书、谋生，丢下父亲孤单一人，守在那个破庙一样的村小里（我们老家山下的一个小学校）。村小位于村子西侧的山脚下，其他老师都是本地人，在村里有家，只父亲一人住校。行课期间，白天热热闹闹，晚上冷清异常。父亲草草吃了晚饭，便像一个寂寞的老僧，枯坐在昏暗的灯光下打盹，没电视可看，也没人陪着说话。家里那台和我年纪相仿的收音机，便是父亲唯一的消遣。实在耐不住寂寞了，父亲便到村里最热闹的茶馆去打打小牌，填补内心的空虚寂寞，直到茶馆散场关门，才鬼魂般深一脚浅一脚地飘回去，钻进冰冷的被窝里去。到了学校放假，要是我们没能回去，学校更是清寂如烟，父亲和一个孤苦无依的守庙人没什么区别。一个人吃饭，吃不香，也不想吃，一个人的生活，很简单，也极不规律。父亲终于清闲下来了，身体却异常闹腾起来。悲苦生活留下的关节炎、腰腿疼、胃病、牙痛、鼻窦炎、肾炎等，白天黑夜，黑夜白天，折腾得父亲不得安生。有好几次，我放假回家，进了屋，灶头没一点火星，锅里没一点饭菜，我以为父亲又出去要了，可一踏进寝室，父亲躺在床上，蒙着脑袋捂着牙关"哎哟哎哟"地呻吟着。我悲伤极了，父亲辛苦把我们养大，最后身边却连一个端水递药、伺候茶饭的人也没有，这样下去，父亲要是哪天痛死病死也没人晓得。

那个时候，我就想，再不能这样下去了，我们一定得给父亲找一个老伴，给父亲一个家。恰好，弟弟那位绵竹的木匠师傅，给父亲介绍了一个人——他老家的亲戚。父亲起初说什么也不答应，说老都老了，还找老婆，丢不起那个人。父亲的兄弟姊妹也强烈反对，那么远找个老婆，弟兄姊妹没几天日子了，要是有个什么闪失，怕没个照应，面也难得见了。最后，在我们兄弟的反复劝说下，父亲好歹同意见上一面，爸爸娘娘们也软了口。父亲去绵竹看了两次，对那个老婆婆有了好感，更喜欢上了那个一年四季山清水秀的地方。几经周折，我们一家人和父亲的兄弟姊妹一行二十来人，去了绵竹，为父亲和后妈简单地办了婚事。当晚，在那家人的堂屋里，我端着酒杯对父亲和老辈子们说：我们一家人能走到今天，全靠各位老辈子，我和弟弟能有今天，全靠了阿达（爸爸）。你们的恩情我这辈子甚至下辈子也还不清。看到阿达终于有了一个好的归宿，我，我……话未说完，我失声痛哭，大家也跟着抹眼泪。我们哭人生的悲凉，哭父亲的悲喜，哭我们自己。

后妈是一个好人，对父亲好，对我们也好，我们好不容易回家了，后妈是绝不要我们做哪怕是洗碗之类的小事。学校开学时，后妈就随父亲进山，放假了他们就出去修养。有了后母的悉心照料，父亲像变了一个人，干瘪的身体逐渐发胖，枯涩的笑声饱满而响亮，身体的病变像是遇到了克星，总是东躲西藏，就连父亲说话的声调也高了几个音阶。看着父亲的变化，我们喜上心头，父亲，劳苦了一辈子的父亲，苦尽甘来，终于有了一个像样的家，终于过上了舒心的日子，我们也可安心地谋生去了。父亲还雄心勃勃地谋划着在退休后，到绵竹修一个漂亮的大房子，到那里养老去，将来还要为我们带孩子。

哪想，老天不长眼，就在三年后的一个萧瑟的秋天，就在父亲退休的前一年，父亲正在备课，我的后妈，去亲戚家玩耍后，出门时，在公路的拐弯处，被一辆不长眼睛飞驰而过的卡车，碾断了腰，在送往茂县医院抢救的途中就断了气。第二天下午，当我和弟弟千里迢迢匆匆赶回去时，后母已经躺进了黑色的棺木，父亲静静地坐在棺木一头，一言不发，目光呆滞如痴，脸色惨白如纸，一下子苍老了几十岁。我扑上前去，拼命抠着后妈棺木下的泥土，号啕大哭，哭我短命的后母，哭我可怜的父亲。亲戚朋友又是拉又是劝，终于，我停止了哭泣。父亲仍然一言不发，就像一个残破不堪摇摇欲坠的木头人。就在当晚，我们连夜将后妈运回绵竹。按照地方风俗，请了一大帮唱戏的，又敲又打又哭又唱了三天，后母终于躺在她家的祖坟里了。父亲整日唉声叹气，夜不成眠，骨瘦如柴，头疼欲裂，常犯糊涂。不管我怎么劝说父亲，死的人死了，活的人还要继续活下去。父亲哪里听得进去，我真怕父亲受不了打击就此崩溃而疯掉。回去自然是不可能了，父亲是见不得那个伤心之地的。我起初想把父亲带到草原上来，但我一无所有，连住的寝室也和别的老师共同分享。加之草原冷酷，父亲经不起风寒，医疗条件又差，父亲要是突然病倒了，那就麻烦大了。我和弟弟商量来商量去，最后决定由弟弟带父亲到成都租一间房子，等父亲从灾难中痛醒了，再做下一步打算。

几天后，我随后母的两个儿子回山里处理车祸后续事宜，完事后，我便回草原上班，弟弟带着父亲去了成都，在华阳租了一间小房子住了下来。后来，弟弟迫于生计，又搬迁了一个地方，在街口开了一家小小的饭馆，父亲则在对面的一个小楼一间不足五平方米的袖珍小屋里住了下来。其间，我也抽空去探望了几次，父亲的各种老毛病又犯了，最厉害的是鼻窦炎导致的头疼头晕（也是遭受打击留下的后遗症），父亲和弟弟去了很多地方，捡了很多药，一点效果也没有，我真怕父亲在弟弟做生意时，走在公路上，被车撞了，或是走着走着，便消失在异地茫茫的人海中，再也找不回来了。弟弟的窘迫，父亲的凄惨，像猫爪撕扯我的心，让我时刻不得安宁。终于，一年后，父亲的鼻窦炎有了缓解，父亲从阴影里活过来了。至于那段时间，父亲是怎么熬过来的，又经历了怎样的内心纠结，我不得而知。而我，对于父亲和弟弟，只有永远的愧疚，作为长子，在父亲最需要关心的时候，却将他老人家抛给了可怜的弟弟，让他们在痛苦中苦苦挣扎，我是一个不孝的儿子，也是一个不称职的哥哥，我愧对他们。尽管，他们理解我，支持我，对我没有一点点怨言。

活过来的父亲，仍旧对绵竹念念不舍，不顾家人和亲友的反对，用退休后的那点安家费和东拼西凑借来的钱，在后妈生前的那个小镇，买了一个小房子，大多时间，也是一个人度过的。活过来的父亲，精神倒是好多了，就是身体大不如前。他终于悔悟年轻时，未好好爱惜身体，落下如此多而难治的病根。他终于开始关注健康知识，关注身体保养，终于舍得进大医院，也终于舍得花钱买大包大包的药吃。每次我打电话给他时，他说不上几句，便开始没完没了地唠叨，不要抽烟，少喝酒，少熬夜，不要睡懒觉，要爱惜身体，要多锻炼，你阿达就是活例子，年轻时不爱惜身体，老了才晓得后悔，一辈子没吃好没穿好，到老了，结果花大价钱吃苦药。除此外，他还要反复叮嘱，要和媳妇好好相处。父亲越是责备自己年轻时没关心自己的身体，越是叮嘱我们搞好夫妻关系，我越是内疚，这都是我和弟弟给害的，都是因为我们，父亲才会落下如此多而难治的病根，父亲的晚景才会如此凄凉。要是他像那些狠心的父亲，不顾儿女的好歹，早给自己找个老婆，安个家，他不会走到这样凄凉的地步。我们欠父亲的实在是太多太多，我们这辈子下辈子甚至下下辈子也还不起父亲的滴水恩情。父亲越是对他的选择无怨无悔，我越是不能原谅我们给他老人家建造的痛苦。

　　我永远不会也不能忘记父亲在绵竹给我说的那一席话。那时，我刚要结婚，乘放假去绵竹陪父亲，我俩在逛街的时候，父亲问我结婚的事准备得怎么样了，我说已经差不多了。说这话的时候，我底气不足，话语闪烁。尽管我已工作了五六年，因为不懂规划，且又贪玩，临结婚身上连一千元也拿不出。明眼的父亲看出了我的窘迫，平静地对我说："儿啊，阿达这辈子对不起你们，没能给你们找一个好妈妈，没能给你们一个温暖的家，让你们跟着吃了不少苦，受了不少罪，这全是阿达的罪。但不管怎样，在这个世界上，你们还有阿达这个亲人，阿达这还有一点钱，你全部拿去，婚礼要办得红红火火热热闹闹，阿达要对得起你们，你们更要对得起自己。阿达老了，不行了，只有这点能力了，也陪你们走不了多少日子了，以后就靠你们自己了。"那一刻，在那个人生地不熟的陌生街头，我真想抱着父亲大哭一场。阿达啊，我的阿达，你用一句轻描淡写的话，道出了你平凡而悲壮的父爱，而我呢，你一把屎一把尿拉扯大的儿子，只能用浅薄的文字，记下你父爱里的点滴悲伤。

破　洞

那是一个阳光灿烂的早晨，父亲掀起垫床的棉絮去晒时，在最底层棉絮中央发现了一个秘密个盘子大的破洞。洞沿焦乎乎、黑乎乎的，明显是火烧过留下的痕迹。父亲很是纳闷儿，把我和弟弟叫到跟前询问，弟弟咬定他不知情，一定是我干的好事。我支支吾吾死不承认。父亲大为光火，难不成它自己破的，你俩好好反省，下午给我答案！

一上午，我呆呆望着那个重见天日的破洞，心绪不宁，仿佛那不是一个破洞，而是一张阴森大口，随时可能将我吞噬，我战战兢兢地逃回三个月前那个寒气未消的春天。

那时，父亲和弟弟随亲友们去很远一个地方，给一个表叔祝寿，留我一个人看家。很快，半个月过去了，他们也该回了。我专门抽一天时间，把屋子收拾得干干净净，准备给父亲交一份满意的答卷。父亲是最见不得懒和脏的。哪想，就在当晚，我因一时疏忽，出了一个意外，差点酿成大祸。我们乡只有一个小小的水电站，每到冬春季节，河水干涸冻结，电力供应严重不足，两百瓦的电灯泡，只燃起中间的半圈红丝，能见度不足一米。因此，我们家家必备几千伏的调压器。那天晚上，我像往常一样，将三千伏的调压器升到最高档，借助机器抽出的微弱灯光，伏在桌子上勾勒空心字，不知不觉过了十二点，村民已歇电睡去，电压突然飙升，灯光明亮之极，恍如白昼，我的眼睛十分受用，写画得更起劲了，丝毫没觉察危险正在我的头顶积聚力量。

突然，只听"砰"的一声，一片利剑样的东西擦着我的头皮飞过，黑暗突然降临。电灯炸了！我反应过来，慌忙摸到电筒，降了电压，换了灯泡，重新唤醒光明。然后，四处排查灯泡碎片，重点对床上进行了仔细搜索，清除了几片还烫手的碎玻璃。清理完毕，我便又继续埋头续写未完成的字。大概又过了一个钟头，屋里的光线越来越暗，习惯了昏暗灯光的我，反倒是越发的投入，只是，我的喉管里像是起了火，又干又哑，止不住地咳嗽，我的眼睛像是揉进了沙子，又涩又痒，十分地难受。我仍然忘乎所以地写写画画，直到额头贴到桌面上，眼睛实在睁不开了，才抬头一看，天呐，满屋浓烟滚滚，电灯如浓雾中的月亮，若有若无。

是不是房子燃了？

我惊慌失措地打开门窗，逃出房间，急忙端来水，盲目地四处泼洒，焦急地寻找火源。终于，我看见了它，那个破洞，在最顶层棉被的中央，正张着血盆大口，侵吞周边的棉絮，冒起滚滚浓烟。我慌忙将棉絮抱起来，扔进外边的水池里。这一定是我在清理灯泡碎片时，遗漏了一小粒玻璃碎片，竟然引燃了棉被，差点酿成大祸！我越想越害怕，越想越后悔，狠狠地埋怨自己，要是父亲知道了，非骂死我不可。我思前想后，决定设法掩盖。

第二天早上，我先将破棉絮晒在院坝里，然后怀揣父亲留给我买菜的二十五元钱，花去十元钱，赶车到县城。跑了老半天，寻遍所有商店，也没找到和被烧毁那床质地色泽花纹一样的被套，我失望极了。最后，我比对了许久，花掉手头的十五元，在街摊买了一床质地颜色花纹相近的下等货。钱用光了，饭自然没得吃，连回去也成了问题。我灵机一动，找到村里相熟的司机，央求他搭我回去，以后再付钱。回去后，破棉絮已经晒干，我从床底下抽出一床垫絮套上新被套作棉被，将破棉絮铺在垫絮的最底层，并精心做了掩盖。

第三天下午，父亲他们果然回来了。我暗自庆幸自己掩饰得快，不然正好被活捉。那晚，父亲摸了摸不太光滑的被套，疑惑地问："冬生，这被套咋毛沙沙的，是不是没对头喔？"我赶紧将脑袋缩进被窝，含含糊糊地说："对的，对的，怎么不对。"后来，父亲也同样问过几次，我同样含含糊糊地应付过去。

父亲终于还是看到了那个破洞，我看再也掩盖不过去了，下午吃饭前，便硬着头皮站在父亲面前，一五一十地交代了破洞的来龙去脉。我满以为父亲会大骂一通，哪想父亲默默听完我的叙述，沉吟了一会儿才慢吞吞地说："儿子啊，人生就和这棉絮一样，谁也说不清楚何时会落下一粒火星，烧出一个破洞，既然破了洞，就要赶紧设法补救，而不是试图掩盖它。掩盖它，那个破洞便永远存在，而且会越来越大，最终毁了自己。弥补它，破洞才会重圆，人生才会圆满。做人做事都是这个理！"

我默默地记下父亲的话。

秋天的变奏

秋风就像一把巨大无匹的大扫帚，在广阔的天地间，就那么横七竖八、没头没脑地狂舞一通，树叶就落了，草原就黄了，山丘就老了。老了的山丘，顶着稀疏的毛发，披着单薄的褰衣，垂着眼睑，一脸无奈地蜷缩在肆虐的秋风里。

山下，日渐消瘦的阿曲河，在突兀的鹅卵石中磕磕绊绊。空旷的河滩地上，三五条无家可归的野狗，似癫似狂，厉声尖叫着追逐旋风灰色的影子。在它们周围，几只灰色的秃鹰，石头般静止。几杆又高又瘦的经幡，畴里啪啦地朗诵着世人难以解读的经卷。

河滩外延的一个四合院里，一位面容沧桑的女人，抬头遥望着对面的山丘，目光忧郁，充满了怜悯。她仿佛看的不是一座山，或者，她看的根本就不是山，而是比山更遥远的虚无。天蓝如水，云薄无影。良久，她收回远去的目光，像是有什么东西，或是触动她忧郁和怜悯的东西，刺激了她的神经，催促她慌忙奔向柴房，找来木棍和枝条，翻出一些废旧的厚实毯子和衣物。然后，在屋前的几溜特殊空间里，叮叮当当，紧张地忙碌起来。

那细碎的敲打声，惊动屋檐下一只麻雀，"噗哧"一声，翻过院墙，向身后一大片高低不平的房子掠去。左右忽闪好一会儿，它终于在房子的空隙中找了一排白杨树，落在最高一株的枝头上，惊得几片树叶仓惶飞散。我听到头顶的动静，抬头看了一眼，叶子就硬生生地跌落在我的心上了。看来，树叶落在哪里都不受欢迎，几个穿着黄马褂的环卫工人，骂骂咧咧地拖着狗尾巴样的扫帚，胡乱地在街面上划拉，扯出一串串单调的"唰唰"声。几只麻雀有意见了，隔着白杨树"叽叽喳喳"埋怨几句，然后狠劲一蹬腿，踢掉一些叶子，毅然决然地甩手而去。

无处不在的风，无孔不入的风，一股又一股狂涌而来，刮走了那些自以为是的铁盒子，冲散了那些忙忙碌碌的身影，卷走了麻雀踢飞的叶子。街道宽出了边沿。我明显听到我的脚步，因为风，或是被什么神秘力量牵引，发出急促的呼吸和粗重的喘息。在我的身后，也有这样一种声音传来，杂乱而慌张，打乱了我原有的节拍。回头一看，原是一条披头散发、毛色昏黄的老狗。在我看它的时候，它也在看我，目光迷离，眼神闪烁。我认识它，应该说我们是老相识了，每天在我上班的路上，它都会站在街口热烈欢迎我，用它最惯常的方式——龇牙咧嘴，大声吼叫。我突然可怜起这条平日里威风八面的流浪狗，秋天竟这样轻易地改变了它。老狗似乎很不情愿接受我的怜悯，憎恶地白了我一眼，躲着狂风，沿着墙根，摇晃而去。

　　我的脚步更加坚定而匆忙。很快，我出了城，看见了那座静默的山丘，山下细瘦的阿曲河，与追风的狗、静止的秃鹰不期而遇，它们就像我内心深处潜伏的一段模糊的记忆，突然清晰起来。我匆忙叩开河滩外延那个四合院的门。准确地说，我是用我脆弱的声音打开了那道门。白铁皮像是熟悉我的声音，"吱嘎"一声，闪到一侧。我一脚跨进去。白铁皮立即锁住企图强行进入的风。那个遥望山丘的女人忧郁的眼，一下子爆出温暖的瀑布，她迎着我颤抖的目光说，"你看，你的房子搭好了，你今晚就可以搬进去住了。"顿时，笑声花一样绽放开来。我顺着她的手指，看见屋前那个新生的花花绿绿犹如乞丐罩衣的帐篷，故意生气地说，您真狠心，那么好的大房子不叫我住，却叫我住这样简陋的狗窝，您不要后悔，我要踩死您的花，掐死您的命根子。那个女人，不，我的母亲，又发出爆炒花生米的声音，惊动几枝顽皮的花，羞涩又感恩地探出头来，直望着我笑。

　　像是受了笑声的震荡，屋脊上一只不知静默了许久的硕大山鹰，突然拍击了几下宽大的翅膀。我充满敬意地望了它一眼。在一瞬间，我们的目光交织在了一起。而后，它轰地弹起身，像一枚重磅导弹，向着永远蔚蓝着的深沉着的苍穹冲去。大地和寄生于地面上的一切事物，像是突然中了魔道，沉重而迅速地下坠。庞大沉重的山丘，像是被缩小，被复制，一波一波地在它的眼里，潮起层出不穷的褶皱，向着无限的天空延伸开去。它远远看见，成群结队的牛羊裹着零星的牧人，像天上的星辰，从遥远的雪山脚下，向纵深的沟谷落去。在他们的身后，一大片流动的闪闪发光的白，驱赶着他们走向被定义为温暖的角落。

　　冬天来了。

温暖的牛粪

　　一见到牛粪，恐怕很多特别爱干净的人，便会嫌脏嫌臭，皱眉捂鼻，绕道走开。但在草原上，牛粪是我们的宝贝，我们见了牛粪，会亲切地说一声：好一朵漂亮的黄蘑菇哟！赶紧拾回家中用于生火。

　　在我来草原之前，也有过诧异：脏兮兮的牛粪，怎么个烧法？燃烧的牛粪，散发出粪便焦灼的恶臭，饭菜沾了臭味，怎么咽得下去？那是怎样一种原始落后的生活？后来我到了草原，烧上了牛粪，才知道自己想法的幼稚。我们烧的是经过加工了的干牛粪。干牛粪，易燃，旺火，热量高，几乎没什么臭味。只要在炉底垫一束引火的细柴，在上面铺几片干牛粪，引上火，它们便疯狂地燃烧起来，长长的火苗，膨胀的热气，猛烈冲击炉壁和烟囱，散发出一种干草发酶的温香。五六块牛粪便可烧开一壶马茶，十来块牛粪就能煮熟一顿饭。在冷酷异常的大冬天，只要烧上一炉牛粪火，便满屋温热，大有春暖花开的滋味了。

　　也许你会问：草原的牛粪和别处的不一样，它不脏不臭？它们的原料和"生产机器"都是一样的，怎会不脏不臭呢！草原的牛粪，经历了由臭到香、由丑到美的转化过程。

　　高原的阳光，像速效的酵母，新鲜的牛粪经阳光发酵，臭气熏天，让人眼鼻发酸。可那些藏族女人，像是生来具有免疫能力，非但不嫌脏嫌臭，反倒喜欢上了牛粪。只要一有空闲，她们便背上红柳编织的背冤，手拿一把小刨锄，慢悠悠地跟在牛群屁股后面，见到一坨湿漉漉臭熏熏的牛粪，便立马凑上去，娴熟地用刨锄铲起来，轻轻向后一甩，牛粪便准确无误地落入背冤里。不大工夫，沉沉的牛粪便压弯了她们的腰。

　　回到家中，她们在稀牛粪里拌些麦秆草屑，调匀后，徒手将牛粪揉捏成圆圆的薄饼，摊在门前的草坝上，或用力拍打在土墙根和篱笆上，接受阳光暴晒。脏兮兮的牛粪糊满她们的全身。于是，家家户户门前的草坝上，便多了一些由无数圆圈组成的奇怪图案；土墙和篱笆上，便开满黑色的玫瑰花，每一朵花心里，都清晰可见女人的手掌和五指印，似花的经脉。金色的阳光，落在牛粪深深浅浅的褶皱里，溅起碎琐而精致的光芒。

经过几天的烈日暴晒，牛粪失去了水分，臭味亦被阳光驱散。她们便又将牛粪揭下，整整齐齐地码在房檐或院墙上，或者在房前屋后的空地上码成牛粪垛。细心的女人还会精心码出各式花样：标致的金字塔，封套的夹心饼干，椭圆的鸡蛋，宽厚的围墙。即防潮，又美观。远远望去，像一座座精心塑造的艺术品，赏心悦目，韵味无穷。勤劳智慧的藏族女人，在积聚温暖的同时，也孵化了民间最朴实的生活艺术。

我的母亲虽不是一个藏族女人，但她与那些淳朴的藏族女人一样，对牛粪怀有特殊的情感。我家住阿坝县城西郊，门外就是一片空旷的草地。每有牛群光顾，母亲便匆忙赶去撮牛粪，在门前草坝上揉捏牛粪饼，然后摊晒于太阳下。太阳落山了，便用油布盖起来，以防雨水侵蚀，第二天一大早便又揭开油布接着晒。有时她上街去了，家里没人，见天色异常，像要落雨的样子，便急匆匆地跑回来盖牛粪。有好几次，牛粪倒是盖上了，自己却成了水鸭子，还得了重感冒。我们因此没少埋怨她：为了几坨牛粪，不惜损伤身体，值吗？母亲不管不顾，罔如未闻。牛粪半干了，便又转移到水泥坝上接着晒，直到干透才码进柴房，心里才踏实。

母亲是一位退休教师，她捡牛粪的事自然会招来一些非议。有说她像农村妇女一样去捡牛粪，太抠门了。有说她儿女不孝顺，那么大年龄了，还叫她去捡牛粪。这样的话传到我们耳朵里，加之原本就不赞同她，便极力劝母亲不要再去捡牛粪了，身体要紧，别人也会笑话我们的。

"不捡牛粪，我们烧什么？笑话，笑话，没有烧的才是笑话。只要你们不笑话我就成了。老年人就该多劳动劳动，有益身心健康。"母亲的话合情合理，我们无言以对，只能听任她的固执。每年柴房里的牛粪，总是被母亲堆得满满的，烧一个冬天也烧不完。我们几乎从未对燃料操过心。到了秋冬之交，县城附近村寨一些牛粪富余的人家，便一大早赶着驴车，载满牛粪，到县城西街卖牛粪。七八元钱一麻袋。卖了牛粪，她们便坐上驴车，或干脆躺在板车上补瞌睡，任由那温顺的小毛驴，慢悠悠地拖回家去。有时，天上飘着鹅毛大雪，白色迷雾中，穿着厚厚藏装的藏族女人，头裹围巾，只露出一双眼睛，牵着载满牛粪的毛驴，从我的身旁走过；抑或雕塑一般，侧立街口飞卷的风雪中。我都会情不自禁地多看上几眼，那是人间最温情的画面，最动人的风景。

在漫长而冷酷的冬天，我们除了上班，几乎足不出户，像一群缩头乌龟，蹲守在火炉旁，不断向炉膛中添加刻满母亲手印的牛粪，延续人间最温暖的火种，温暖我们饱经风雪的身心。而母亲，总是静静地坐在屋子的一角，满足地望着我们，满脸微笑。

母亲的花

母亲非常爱花，养了三个花圃不够，还栽了二十多盆。

眼下正值草原盛夏，天气就像魔法大师，翻手覆云，晃眼之间，大雨即来，偶尔还来点冰雹。这对母亲和她的花构成极大的威胁。每见天有异色，暗流涌动，乌云滚来，像是要下大雨或是冰雹的样子，母亲便如临大敌，焦躁如蚁，不管是否真要落雨，不管手中的活有多紧要，立马放下，叫喊我们，赶紧把备置花圃一侧的油布，盖在那些花草头上，充当保护伞；把台阶上晒太阳的盆花搬进屋里。若是虚惊一场，或是雨后天晴，母亲便又催促我们揭下油布，搬出盆花晒在阳台上。有时一天我们要揭盖搬运好几回，弄得打仗一样忙碌。

我不是不热爱劳动，我也不是不懂得怜香惜玉，但这样的劳作，却让我有些反感。这些花实在太娇气了，母亲也实在太娇惯这些花了。淋点雨算什么，遭点罪算什么！我讨厌它们的娇气，也看不惯母亲的娇惯。这些花之所以娇气，　半是母亲娇惯出来的。

花和人一样，不要太娇惯了，还是应让它多经些风雨，才能生长得好。我对母亲说。

母亲却不这样想，反倒怀疑起我的用心和懒惰来。在她心里，这些花就是她的儿女，做母亲的就该袒护自己的孩子，袒护自己的孩子是天经地义的事情。

我体谅做母亲的心，却不大赞同她的做法。就说母亲选花种，她究竟喜好什么花，需要什么花，想把它们培养成什么样子，心中没有一个明确的概念。只要是市场上流行的，只要是名贵好看的，只要是人家院里有的，比如玫瑰、玉美人、藏红花、水仙、牡丹、芍药、蜡梅、月菊、十三太保，一旦落入母亲的眼睛，想方设法也要买得种子或花根；要是实在买不到花根，便成天往人家院里跑，眼睛和嘴巴片刻不离人家的花，主人实在过意不去了，便分一小株给她，要不就相互交换互补有无。母亲对花的爱，盲目而深情，简单而执着，还有那么一点自私成分，这符合一个母亲的性格。然这种爱，却让母亲的目光有些漂浮，内心有失沉稳，对花缺乏理智关照和内在的精神索求。这本身就是一种对爱的扭曲，母亲对我们扭曲的爱，多多少少转嫁给了那些花花草草。

种子有了，花根有了，母亲便蹲在花圃里，用一把特制小尖锄，一寸寸翻挖泥土，剔除石头和草根，撒上羊粪蛋，用手将羊粪蛋和土疙瘩捏得细细的，和得匀匀的，而后将那些花种花根，一颗颗，一株株，精心栽培入土。土壤蓬松，柔软，肥沃，干净，温暖，种子十分受用。母亲一心为花创造一个舒适的生存环境，这本身没有错，但是母亲却忘了，没有石头的土壤，是漂浮的土壤，是软弱的土壤，是没有力量的土壤。没有了石头，花的根须便无从固定，根基不稳，又失去了向上生长的力量。我们见那些高大魁梧的松树，盘根错节，生长在坚固的岩缝里，谁又见浮土之上生长那样高大挺拔的树呢！

因为养分充足，那些花苗一出土，便比那些自力更生的幼芽宽大，圆实，肥厚，鲜亮，绿。一些野草，沾了母亲的光，也蓬勃地生长起来，和花儿争夺养分和地盘，母亲赶忙将它们揪扯出去。躺在母爱蜜罐里的花，完全没有竞争对手，条件优越，生长无忧，到了六月间，便有一米来高了，枝干殷实，叶片肥大，绿汁饱满，油光闪亮，用手轻轻一挤，便流出绿汁来。但是，它们的身体肥胖了，骨头却酥软了，失去了坚挺的力量，身体失去重心，顺风歪向一边去了。母亲便在那些花脚下插上竹条，将它们身体扶直捆在竹条上，作为它们成长的拐杖；还专门用木条、网罩为它们搭上简易的房子，遮避冰雹的袭击。母亲做得很周到，但她却忘了，充足的养分，会使花儿变得懒惰，缺乏危机意识，安于现状，耽于享受，不思进取；没有竞争对手，会使花儿丧失斗志和生存竞争能力；拐杖的搀扶，会使花儿产生依赖思想，变得更软弱；房子的保护，会降低花儿的抗击风雨的能力，房子有限的空间，又会限制花儿的生长高度和广度。

母亲的花，到了六月底，便陆续绽放出花朵来。那些绽放的花，色泽鲜艳，风姿绰约，把整个院子打扮得香雅富丽。母亲再也坐不住了，邀上那些同样爱花种花的老太太到家来，在花丛里走走停停，指指点点，听那些老太太的啧啧赞美，母亲的虚荣心得了极大满足，心里的花全开在脸上了。其实啊，母亲和那些老太太并不怎么懂得赏花，或者说，它们的注意力全集中在那一张张娇美的脸蛋上，要知道，花和人一样，美不光在脸蛋上，还在骨子里，骨子的美甚至决定了花的美。由于受一种不良环境和流行风潮的影响，母亲对花外表的注重，远胜于对花整体素质的要求。在我看来，那些花的容貌虽是骄人，可疲软的骨头，臃肿的肉体，特别是那根骨刺般的拐杖，和它的容貌极不相称，整体给人一种扭曲的病态感。

自那些花儿开放后，母亲除了偶尔上街办事，几乎都蹲在家里，守着那些花，以便及时应对恶劣天气的摧残。即便是上街办事，一见天色有变，立马赶回家中。就像我们不能准确预测复杂社会的变数和人的命运一样，母亲同样不能准确预测天气的变数和花儿的命运。在这反复无常的夏季，天气预报只能画一个大致框架，小范围的阴晴圆缺就只能靠自己小心掌握了。母亲总是竭力捉摸头顶一片天空的性格脾气，谨小慎微地维护着花儿的命运。花的命运就完全掌握在母亲的手中。

一天，母亲在反复揣测了天空的意图后，乘着晴天丽日的当儿，上街办事去了，那想转眼间乌云密布，大雨滂沱，当母亲冒雨赶回家，雨已停了，而那些灌注母亲心血的花，大都潦倒在地，那可人的花瓣，被雨水肢解得遍地残片，一片狼藉。母亲伤心自责了许久。

望着那伤残的花儿，我倍感悲哀，为那些花，也为母亲。母亲企图以己之力为花儿打造一片温柔的生存天地，铺垫一个光明的前程，呵护它们一路成长，可她又能铺垫多久，呵护多远？一个人一朵花的命运若是完全掌握在别人的手中，他们能走多久，能经得起多少磨难，又能走多远？

流泪的饼干

我三岁时，失去了母亲。身体特瘦，且多病，奶奶和父亲怜爱我，从不让我干重活儿，更不准我和村里的孩子们去挖药卖钱，但我还是偷偷去了一回。

那年我七岁，趁奶奶和父亲不备，背了一个比我身体还宽大的背冤，偷偷溜出门，跟村里一帮大孩子到山坡上去扯柴胡。那些大孩子身高体壮，腿脚利索，胆子也大，是跑山采药的老手，溜到高高的田坎边，或是爬到陡直的田坎高处，去扯那些成熟了的细长柴胡。我没那能力和胆量，只能蹲在田边地角扯那些尚嫩青的柴胡苗子。到了下午，大孩子每人扯了齐垛垛的一大捆，少说也有五六十斤。而我，顶着烈日，饿着肚皮，忙累大半天，只扯得半背冤嫩叶子。

岷江河畔的村子里有收购柴胡的人，来回一趟大概要走十几里山路。我们匆忙背着柴胡下山去。路又陡又烂，负重下行，冤底直坠到我后腿弯，每向下一步，便重重地磕碰一下，背冤肋骨般生硬的蔑条，和我瘦硬的尾椎不停地发生摩擦，细细的绳索勒得我肩膀生疼。我生怕掉队，顾不上疼痛，咬紧牙关，深一脚浅一脚地紧跟其后，满身虚汗，气喘吁吁，眼冒金星。到了山下，太阳已落山。

大孩子们的柴胡很快就脱手了，一个个兴奋异常地数着钱。而女老板嫌我的柴胡太嫩，说什么也不收，急得我一句话也说不出来。大孩子们为我求情，说这么小个孩子，第一次出门挣钱不容易，上上下下跑了一天了，连饭也没吃上一口，尾椎上的皮也磨掉了好大一块，你就可怜可怜他，收了吧。为了证明没说假话，几个大孩子甚至撩开我的衣服，让女老板看我尾椎上的伤口。女老板两手叉腰，斜挎钱袋，恶狠狠地说："可怜他，可怜他，我挣点钱容易吗我。我又不是开银行的，又不是民政局的，不收，不收，就是不收，说破天也不收！"我可怜巴巴地夹在他们中间，紧紧捏住我的柴胡，头脑一片空白。最后还是女老板的老公发了善心，随便一称，给了我一块二的毛票。

我紧紧捏住来之不易的毛票，转悲为喜，心里美滋滋的。我们一窝蜂围住小卖部。大孩子们吵着嚷着，买这买那，嘴里含着，兜里塞着，手上拿着，馋得我口水直流。我望着满柜台的零食，问这问那，犹豫了很久，毛票都捏出"水"来。售货员极不耐烦地取放着东西。最终我选中了一盒夹心饼干，刚好一块二，舍不得吃，塞进前胸的毛衣里，用裤腰带扎紧。

等我们从小卖部出来，赶忙上山回家。又累又饿，实在爬不动了。大哥哥帮我背背篼，几个人轮换着拖着我走。到了半山腰，天就黑了，看不见路，从树林里传来的古怪叫声，令我头皮发麻，尿不顾一切地流进裤裆。大姐姐牵着我的手，不停地唤着我的名字，在萤火虫发出的微光里，深一脚浅一脚地向着家的方向摸索前进。

家里的灯还亮着，奶奶披着棉袄坐在床上，爸爸一脸焦愁地坐在床边。见我回来，父亲扬起手就给了我一记耳光："你这个死娃子，大人心疼你，不准你去挖药，你偏去，去了也不打个招呼，找你大半夜，奶奶都急出病来了，你呀你，咋这么没良心啊！"

我"扑通"一声跪倒在地，抖抖搂搂地从前胸毛衣里掏出饼干，哪知一路跌跌摔摔，饼干早已揉成了渣子，带着我的体温和汗水，我失落地捧到奶奶跟前：这是我扯了一天柴胡买到的饼干，您吃，奶奶您吃！

奶奶一只手接过饼干放在心口，一只手抚摩着我的脑袋，哭了，爸爸背过身也哭了。在奶奶的手影下，我听见饼干也悄悄地"哭"了。

羌 婚

太阳和月亮成亲了，山和水成亲了，路和大河成亲了。

——羌族成亲歌

逮酒，迎接尊贵的来宾

一管小小的唢呐，站在寨子的某个高地上，引颈向天，陡然爆发出金色的锐利声响，犹如破空而来的万道金光，刹那间照亮亘古沉寂的铁骨苍山。一股浪人的喜气扑面而来，点燃深秋干燥的空气。

魁伟的大山脚下，细柔的岷江河边，一支由迎亲送亲组成的百十号人马，沿着大山褶皱的纹路，蠕动成一条色彩鲜艳的"响尾蛇"，向我们的寨子蜿蜒而来。

我们小而平静的山寨，一下子兴奋躁动起来。已恭候多时的盛装男女老少，全跑出来，站在新大哥（新郎官）家的院坝高坎边，伸长脖子，放亮眼睛，指指点点，说说笑笑，密切关注山下那一长串细小的"蚂蚁"，拐过一道道弯，爬上一道道坡，以点点变粗变大，渐渐显露出一个个喜笑颜开的身形来。从山下上来的人，也同样怀着那份激动，沾染了那份喜气，一面吃力地向上攀爬，一面不时抬头看着远在天上的我们，慢慢从深蓝色的大背景中脱离，一步一步回到现实中来。

眼看这支人马就要进入山寨了，却意外遭到路边一阵"噼里啪啦"的"武装伏击"，驮着新媳妇和陪嫁的几匹马，显然毫无心理准备，吓得浑身哆嗦，或是猛然后退几步，或是原地转圈，差点把新媳妇颠下马背，引起不小的骚乱。倘若你是一个外地人，因为某种缘分，第一次来山寨送亲，又没有人向你透露一点内情，你心里不免狐疑，前面发生了什么事？其实也没什么大事，不过就是有人拦道。拦道干什么呢？逮酒！这是我们羌人的一个老规矩，当迎亲送亲的队伍来到寨子附近时，新大哥的亲戚和家门（同姓的人家），就会端着盖有红布的托盘、两只酒杯和粮食酒，候在离家较近的必经之路上逮酒。一通鞭炮过后，红爷大爷（联姻人）先站在逮酒者的立场上，面向长长的送亲队伍，扯起大嗓门用羌语一字一句地喊道：

这是新大哥的大舅某某某，为了感谢各位送亲客不嫌山高路远，亲自护送新媳妇上门，特备一杯薄酒，为大家接风洗尘，请你们一定不要辜负主人家的一片心意，痛痛快快喝下这杯盛情的酒！

"喔——喔——"后面的人齐声应和道。红爷大爷转而站在女方的立场上，面对着逮酒之人，从随从的背冤里取出圆圆的象征太阳的齐饼馍馍和弯弯的象征月亮的弯弯馍馍，高高举过头顶，大声回敬道：

新大哥的大舅某某某，为了侄子和侄媳妇的婚事，跑断了腿，操碎了心，劳苦功高，福泽后人。为了感谢你的大恩大德，送亲客特送上天上的太阳和月亮，愿尊贵的太阳神和月亮神保佑你们家庭幸福，身体健康，纳吉纳鲁（吉祥如意）。

接下来，人们自觉排成一线，攀附着前人的肩膀，陆续通过前面的关卡。轮到你通关时，要是酒量还行，加之受那份真性情和豪爽气的感染，你也许会毫不犹豫地连干两杯，要是酒量不济，或是不会饮酒，你多半会诚惶诚恐地自我辩解和告饶：

我不会喝酒，真的！
蒸的，还煮的呢，不行不行，你一定得喝，不喝酒，还是男人吗？
不行不行，我真的不能喝酒！
不是一家人，不进一家门。我们都是一家人了，还有什么不能喝的？
不行不行！
你是不是看不起我们这些庄稼人，看不起我们这些穷亲戚，喝不喝你看着办！
……

你说你不喝行吗？喝吧，豪爽一回，做出一个男人的样子！可是你也许真没料到，这只是个开头，只是这场隆重迎宾仪式的前奏，新大哥的亲戚和家门还多着呢，少说也有十来家，正站在你看不见的某个拐弯处诚心诚意地等着你！而你呢，既然第一家开了尊口，第二家不喝能行吗，到了第三家，我想你已经不用劝了，你已经知道辩解的无用，你已经融入这份浓浓的情感，你已经赏识了自己的男子汉气概，二话不说，毅然决然，一口干掉杯中酒！就这样一路喝下去，到了新大哥家，你少说也要干掉半瓶粮食酒。恍惚之间，你就有了几分美美的醉意。你就会从心底由衷地发出感叹：这酒逮得真够狠，这酒喝得真痛快！

退煞，驱除怨毒的邪气

终于，你通过了"酒精"考验，顺利突出重围，进入依山而建、错落有致的山寨之中。你因为好奇，一边走一边看那些古堡一样的石碉楼，看石碉楼下那些穿着羌绣长衫、佩戴精美银牌的花一样的羌族姑娘，心便会被一种古朴、纯净、自然的美深深感动。不经意间，你抬头却看见了一样怪异的事物，心猛地一惊，倒吸一口凉气。那是一个稻草人（我们称之为毛人），由木棍、柏香和麦草扎成，悬挂在一根离地两米多高的横木上，拦在通往新大哥家的路口上。看到这个稻草人，你可能会联想到"整蛊"之类的巫术。是的，它的确和巫术有关，和一种叫"煞"的神秘力量有关。

我们羌人认为新媳妇身上带有一股怨毒的邪气，称之为"煞"，小孩子和火焰低（胆子特别小）的人，万不能跑到新媳妇的面前去，要是不幸冲撞了"煞"，会遭灾的。因此，每看到送亲的队伍从远处过来，小孩子们就像遇到了"灾星"，嗅到了"灾难"，受到了"威胁"，吓得赶紧跑向两边，站在远处观望骑着高头大马、盖着红盖头的新媳妇。要是新媳妇将"煞"带进了家门，这个家就会遭受灾难，一辈子也不昌顺。你也许听过类似的说法，也许只是一笑置之，可老百姓却不会置之不理。他们的目的很明确，不管真假与否，一定要想办法将这个不干不净的"煞"，赶出新媳妇的身体，让她干干净净地走进新家和新生活。这个过程，我们称之为"退煞"。

队伍到了稻草人近前，停滞不前驻足围观，新媳妇翻身下马，站在离稻草人几步开外的下方。新媳妇的兄弟则提着刀径直走到稻草人下面，"噌"

地跳起来，用力反手砍下那个象征"煞"或是"魔"的稻草人。个子高的，力气大的，占尽先天优势，只见他轻松一飞跃，潇洒一挥刀，稻草人便应声落地，魂飞魄散，炸得一地的毛草。而个子矮的，力气小的，便吃了大亏，当着那么多父老乡亲的面，猴子一样蹦魅一气，把手中的刀舞得个天花乱坠，却连稻草人的腿毛也伤不了一根，直羞得他面红耳赤、手足无措，惹得观众们前俯后仰、爆笑不止。实在砍不着了，矮子便把刀往土里一插，挑起一撮灰，抛洒到稻草人身上，算是完成了任务。这个过程，与其说是退煞，还不如说是娱乐。那个时候，人人都希望砍稻草人的是个矮子，越矮越好，好像人家不矮就对不起自己似的。有这种想法的，其中就有你！当然，你一定不希望有一天砍稻草人的那个矮子就是你自己！

到了新大哥的家门口，门前放着一个火盆，里面燃着柏香和草，青烟缭绕。新媳妇提起裙摆，准备一步从上面跨过去，刚抬起前脚，不知是谁，在新媳妇的身后，突然猛力摔碎一个装有水的瓶子，发出尖锐的爆炸声，尽管新媳妇心里提前演习了好几遍，还是被那出其不意的声音给惊着T，头脑一激灵，"煞"就飞出去了。

新媳妇也就干干净净地进了家门。

挂红，送上美好的祝福

红，只是一段一尺来宽八尺来长的普通红布，值不了几个钱。但对我们羌人来说，它非常的珍贵，就像藏族人扎西德勒的圣洁"哈达"一样，是我们生活中一面鲜艳的旗帜，一股浓稠的情意，一段美好的祝福，一个幸福的象征。

一个"红"字，一语双关，意味深长。

我们羌人把红看得很重，不到人生最关键的时候，是不轻易派上用场的。这个时候，就是我们的大喜之日。自从你跟随这支五颜六色的队伍上了山，你一定看见了它，在新媳妇坐骑的高头大马上，在陪嫁的物品上，在逮酒的托盘中，在石碉楼的楼门上，在祭神的羊头骨上，在新房的门楣上，在新大哥的身上……它无处不在，占据了最显要事物的最耀眼位置，就像一束束激烈燃烧的火苗，瞬间串烧，引燃羌山干涸的石头，秋天干燥的空气，西天浪荡的浮云，羌人古朴的民风，人们火热的激情，还有你透亮的眼睛和心扉。

不仅如此，这些火一样的红，还从四面八方，带着真诚的祝福，汇聚而来，和贺礼一道落在一张红红的礼单上。它不是红包空虚的外壳，不是可以计算的感情，它既是情感的内容也是情感的形式，它比鸿毛还轻又比大山还重！它是一份特殊的人生贺礼，它的保质期是今生今世直到永远！

我想，收到这份贺礼的人是幸福的，送上这份贺礼的人也是幸福的，当送礼和收礼的人纠结在一起，把这份幸福以一种感人的形式表达出来，看到这种场景的人，包括你，也都是幸福的。

在一间宽大的屋子里，上方正中央安置一张方桌，桌上摆着神龛，香炉里燃着檀香。神龛正下方，铺着一张厚厚的牛毛毡或是棉絮，新大哥头戴狐皮帽、身穿氆氇袍、斜挎一道红，和头顶红盖头、身穿羌绣长衫、胸戴精致银牌、脚穿云云鞋的新媳妇，并肩而立。新大哥的亲友及乡亲分立两旁。等一切就绪，红爷大爷（联姻人）便站在神龛旁边，操着浓重的羌语高声叫喊："新大哥的大舅某某某，为侄儿的婚事上下操劳，辛苦了，现又送上玉镯子一对，棉袄两件，礼钱三百元，红一根啰。"声音拖得很长，唱诗一般，抑扬顿挫，韵味悠长。下边的人齐声高和："礼重啰！"声音同样拖得很长。场面庄重而热烈。站在一旁收礼的人，将玉镯子放在香案上，棉袄装进红木箱子里，把红挂在新大哥后背斜挎的那道红里，我们称之为"挂红"。挂了红的新大哥便全身心匍匐下去，恭恭敬敬地跪下磕一个头，把满怀的感恩之情顶在额头上。新媳妇便一直跪着。红爷大爷一个接一个地唱着，新大哥不停地跪下站起，站起跪下，背上的红越积越多，像一座红色小山，沉沉地压在新大哥背上。渐渐地，他的体力有些不支了，站起、跪下、磕头便分外吃力，姿势也有些扭曲变形，脸憋得通红，汗如雨下，狼狈不堪，出尽了洋相，惹来一片欢声笑语，就连严肃的红爷大爷也当着祖宗的面笑出声来。要是你看到这种情形，我想，你一定不会放过他的，还会将他的"狼狈"作为一种幸福的诠释，永久收藏。

等过完礼，新大哥和新媳妇回到新房，小孩子们便一窝蜂追赶过去。看着他们争先恐后、心急惶惶的样子，你可能以为他们是去要红包。错！他们要的不是红包，而是红，就这么简单！这是老祖先留下的规矩，新大哥的红要分发给自己的弟弟妹妹和侄儿侄女们，把他的幸福分一点给他们，把他的"纳吉纳鲁"（吉祥如意）分一点给他们。新大哥的弟弟妹妹和侄儿侄女享有特权，很快便得到一根，剩下的孩子，便左一个阿哥右一个阿姐地叫着、闹着、缠着、磨着，直到得了红，才一溜烟跑出去，把红拴在腰间，兴奋地跳啊、跑啊、笑啊、闹啊，好不快活，就像得到世上最珍贵的礼物。那鲜艳的红，在他们陈旧破败的衣物衬托下，显得格外的耀眼夺目、神采飞扬。于是，小小的山寨，被他们迅速点燃，纤细的小路上，古朴的石墙边，弯曲的梯田里，到处飘荡着火红的光焰。

吃酒，饱尝丰盛的大餐

羌人的文化，有一半是酒酿出来的。就拿结婚来说，从说亲提亲，吃定酒（同意结婚），可务酒（定日子），到正日子办喜事，哪一出离得开酒。羌人把赶婚礼直接称为吃酒。羌人有句俗话叫"无酒不成席"。可见酒在婚礼中的分量。

到了中午十二点左右，山上山下吃酒的人，卡着时间，陆续来到山寨，酒席随即铺开。那真是一场别开生面的宴席，三四十桌，几百号人，挤满了院坝里临时搭建的简易大棚、堂屋、寝室，甚至走廊。总管、支客师（安客的）、跑堂师（端菜的）、酒司令（劝酒的）、酒保（掺酒的）、倒茶的，匆匆忙忙又井然有序地来回穿梭其间，把一场宴席搅和得风生水起、热火朝天。最值得称道的自然是那风味纯正的二十多道菜，全是地地道道的土货，出自家养的土猪，如老腊肉、猪肚子、背柳肉、香肠、血灌肠等，来自深山老林的如野山鸡、蕨菜、笋子、野山菌、黑木耳等，还有诸如酸菜洋芋糍粑、龙眼蒸肉之类的特色菜品。要是将这样一桌"绿色"的美味佳肴，摆在都市的餐桌上，少说也要掏你个两三千块。这对于吃惯了流行、商业、浮夸味道的你来说，那简直就是一次难得的奇遇，极尽的奢侈，你自然不会放过这个大饱口福的机会，狠狠饱餐一顿，绝不嘴软。

等猪肚子、背柳肉、猪脑壳三道主菜陆续上桌，新大哥的母舅，老辈中排行最大的人，新大哥的父母，便依次来敬一杯酒，我们称之为"三高杯"。当敬酒之人一出场，吵闹的场面顿时安静下来，所有人恭恭敬敬肃然起身，诚挚地举起酒杯，聆听他们发自肺腑的感谢和祝福，然后一起饮尽杯中酒。

乘着酒兴，同桌的两位穿羊皮褂、戴狐皮帽、留山羊胡的老汉，用中指在酒杯里蘸三蘸，向天上、地下、中间弹三弹，再用手指蘸了酒，抹在喉结上，清清嗓子，相互谦让一番，年纪稍长的便用拇指食指卡住下巴，眯缝着眼，一串古老的声音脱口而出："也噜……啦啊……喈，喔……呵……

呕喔……老吆……喔……"那声音，犹如岷江水从雪山脚下潺潺而出，水势渐猛，由低走高，鼓荡前行。突然，另一种声音拔地而起，直插云霄，苍凉悲决，高亢辽远。两种声音时分时合，时缓时急，此起彼伏，若即若离，汇成一条苍茫悲壮、酣畅淋漓的河流，轰地冲进你的大脑和心胸，给你莫名的震颤和惊愕！这就是羌人流传数千年的多声部祝酒歌，被列入第二批国家级非物质文化遗产名录。几分钟后，那声音渐渐安静下来，拖着长长的尾音，缓缓缩回老汉的口中。两位老汉从陶醉中苏醒，回到现实中来，睁开眼睛，齐声吆喝："雀木雀喔！""喔喔！"，酒桌上的男男女女大声应和着，肃然起身，敬上一杯酒。

席上，宾主间还要对唱盛赞这场婚姻，你来我往，歌声飞舞，既火爆了气氛，加深了情感，又增添了趣味。

有一首主人这样唱道：

肉只有指甲盖那么大，不够你们吃啊，
酒只有眼泪那么一滴，不够你们喝啊，
房子只有一层土棚棚，不够你们住啊，
柴只有火炕上几根，不够你们烧啊，
……

客人回敬道：

肉像塔子一样高，吃也吃不完啊，
酒像水一样流淌，喝也喝不完啊，
一层楼嫁到了十层楼，住也住不完啊，
柴垛子堆成了山，烧也烧不完啊，
这样的好人家，
打着灯笼也找不到啊，
……

这那里是一场酒宴，分明就是以酒为引子酝酿出来的文化大餐，古色、醇香，美味，赏心悦目，感人至深。不知不觉，太阳已滑向了西山，烧红满天的云霞。待德高望重的老者酒足饭饱，尽情尽意，大喊一声："撤席啰！"吃酒的人方才紧随其后，自觉排成一线，攀附着前人的肩膀，有序退席，来到宽大的院坝或打谷场里，围成一个大圆圈，男一声来女一声，甩手跺脚，唱跳起一种极其古老雄壮的歌舞。金色的夕阳拍打在每个人身上，长长的影子，似巨人的手脚，挥舞在浑厚苍茫的大地上。恍惚间，你走进了一段尘封的历史，看到一个古老的民族，穿透悠远的时空，向我们走来，又向远古走去。

篝火，激情燃烧的夜晚

入夜，还要举行盛大的篝火晚会呢。

在一间宽敞的屋子或宴客的简易大棚里，一堆粗壮的木柴熊熊燃烧，发出鞭炮"哗哗叭叭"的炸响，扑腾的红光映照着四周喜气洋洋的笑脸。能说会道的主持人，操着一口浓重的乡音，用最乡土的幽默语言，调侃着一对新人的幸福，交叉遍请男方和女方的亲朋好友以及各山寨的金嗓子斗歌，你方唱罢我登场，五花八门的歌声和花枝招展的笑声，漫天飞扬，消融了夜坚硬的磁场。

垫场休息时，活泼好动的年轻人便一拥而上，围着篝火，手牵着手，男一声来女一声，一曲接着一曲，唱跳起激情四射的羌族锅庄。有一首是这样唱的：

娘老子与儿女有几世？
娘老子与儿女只有这一世，
弟兄姊妹有几世？
弟兄姊妹只有这一世，
侄儿男女有几世？
侄儿男女只有这一世，
一寨一铺有几世？
一寨一铺只有这一世，
今天，三里五寨的亲人们都来了，
太好了，太好了，
我们要唱就要唱个够，

要跳就要跳到大天亮。

受这份激情的感召，即便你是一个不喜热闹、不善歌舞的人，你也会轻松放下内心顽固的矜持，主动加入他们的行列，不由自主地手舞足蹈起来，尽管节奏总是慢上半拍，现学现卖的姿势完全不对。没关系的，只要畅快就行！

待晚会进入中场，"乡帮"（本村帮忙的年轻人）还要给远方的客人敬献咂酒呢。在一位释比（祭司）或德高望重的老者的带领下，领首的乡帮怀抱咂酒坛子，牵引着一条手肩相连的长龙，齐声高唱一曲粗犷雄浑、动人心魄的古老酒歌，围着篝火绕上几圈。而后，由那位释比或老者举行隆重的开坛仪式，只见他凝神而坐，双目微闭，肥厚的嘴唇快速翻动，一串串圆滑的羌语，像飞速而来的珍珠，"噼里啪啦"散落一地，溅起古老神秘的文明之花。而后，他揭下坛沿的封口，再插上几根竹竿，客人便可恣意品尝了。我们的咂酒是家种的小麦和酒曲子酝酿而成，味道醇正，酸甜可口，润心润肺。可是，你要小心啰，越甜美越滋润的酒也越醉人，喝着喝着，你的脸就腾地红了，你的身子忽地飘起来了，脑袋麻酥酥的，脚下像踩着一地棉花。那种腾云驾雾的滋味，有种说不出的爽快在里面，比咂酒还醇香迷人。

晚会还有一场重头戏，在震耳欲聋的锣鼓声中，在人们翘首期盼的目光中，一个全身长毛身材高大的"猿人"（我们称之为毛大爷），突然从某个角落蹦魅到中间的空地上，手舞牛尾巴，横七竖八地狂舞一番，现场的气氛一下子火爆起来。

他边跳边问："今天，你们这么多人在这里干啥子？"

大家说："娶媳妇，那你又出来干啥子？"

"我嘛，也来娶媳妇！"

"那你的媳妇呢？"

"还在坐绣楼。"

"那你还不把媳妇请出来！"

于是他便用手圈着嘴，大声召唤："媳妇，来得了，媳妇，来得了。"可是，他那个媳妇像是羞于见人，任他怎么呼喊就是不肯出来。

"你那媳妇是不是太丑了不敢见人？"

"牛不是吹的，我那媳妇，心灵手巧，美如天仙！"

......

终于，在毛大爷的千呼万唤中，他美如天仙的媳妇——一个反穿女人长衫，头缠围巾，脸抹面粉，嗲声嗲气的男扮女装之人，搔首弄姿，羞涩而出，惹得全场人捧腹大笑。

接下来，他俩一边接受人们的油滑调侃，一边疯癫地手舞足蹈，一边含情脉脉地对唱，内容涉及婚姻、金钱、孝道、伦理、人生等等，出色的角色化表演怪诞夸张，滑稽可笑，机智幽默的语言亦庄亦谐，寓意深刻。他俩大唱一声，人们便大声应和："哎……啊……喔……呵……呵"，再加上锣鼓狠劲地推波助澜，把整个晚会推向最高潮。

铺盖酒，醉入沉睡的梦乡

这个时候，夜已深了，你也许会担心，我们来了这么多人，晚上怎么住啊，难道真如歌中所唱：我们要唱就要唱个够，要跳就要跳到大天亮。

呵呵，怎么会，那怎对得起远道而来的客人呢！

这的确是一个大问题，但又完全不成问题。此话怎讲呢？在我们这个小小的山寨里，没有一家饭铺，也没有半片旅店，要举办这样大型的婚事，接待远远超出村人数倍的客人，吃住自然是最大的问题。但你完全不用担心，山里人虽少，条件有限，一家一户难成大事，可是全寨人齐心协力办一件事，情况就完全不一样了。可以说，没有人再比山里人更懂得"众人拾柴火焰高"的道理了。比如说包席，主人家把"包桌子"的任务落实到村里年轻人头上，这些年轻人便要自备一套吃饭的家什：一张四方桌、四根条凳、三十来个盘子和大碗、十几个饭碗、十只酒杯、一把筷子、一把汤勺、一个大算筐或背冤，全程负责搬运、安桌子、上菜、撤菜等一系列后勤服务工作。至于晚上怎么住，你只管尽情欢娱，不论多晚，只要你想要一张床，自然有人会领你去朝见周公。我们的方式就是把客人分配到每家每户，由他们安排客人的住宿还有宵夜和早饭，简称"分客"。

篝火晚会过后，除了少数贪玩的年轻客人和寨中的年轻人仍歌舞不休外，各家便领着分到的客人回去，全寨的狗为此要热辣辣地欢迎庆祝好一会儿，才心满意足地闭嘴回笼睡觉。

到了凌晨三四点左右，寨中的狗像是嗅到了某种威胁遇到了什么不明情况，在发出一连串警告无效后，集体哗然，大声交流意见。因为睡得晚，睡得香，你全然不知这夜里的变故。也许你睡得无欲无求、波澜不惊。也许你正做着这样一个美梦，一片绿草茵茵犹如天堂的草原展现在你面前，你放任自己的腿脚，在漫无边际的草海里狂奔，无意中看见一股清冽冽的甘露从天而降，你满心欢喜地掬了一捧送入口中——啊，怎么回事，这水，火辣辣的，是那样决绝地猛烈地灌进你的口中，冲击你的喉咙，烧灼你的心扉。你企图发动两排牙齿像咬断一根香肠一样咬断这股奇怪的水，你妄图舞动双手像掐断一根棉线一样掐断这股水流，但是你不能，这股水像是具有某种魔力，源源不断注入你的口中。你的喉管禁不住抽泣起来，你的眼泪卿地流了下来。一激灵，你醒了，迷蒙中看见一只酒杯悬在自己面前，意犹未尽的酒成串成串地跌落下来，几双手像钳子扣住螺丝一样扣住你的身体，你恍然醒悟，你被一群不明身份的人给莫名其妙地"陷害"了。

这就是我们山寨一项独特的婚俗——盖酒。

说不定，你也真会做这样一个"糊涂梦"哟！

面茶，深情委婉的离别

天下没有不散的宴席。

第二天一大早，客人们便要到男方的一个亲戚家去喝面茶。所谓的面茶，就是用豆腐、肉渣、麦面、葱、姜、蒜熬制的面糊糊。客人们排成一字长蛇，载歌载舞，向那口翻腾着黏稠汁液、浓郁香气和乳白浓雾的大锅围去。红红的火苗贪婪地舔舐着黝黑的锅底，一把勺子在锅边快乐地旋转舞蹈，无数只热气腾腾的瓷碗在人群中飞快地传递，在一片稀里哗啦的呼吸声中，大锅空了，情意足了，充满活力的身体又陷入了狂热的歌舞之中。

你以为你见证了快乐的巅峰，你以为面茶的融融情意催发了世间另一种浓烈的别离情绪。

但是你错了，这只是一个序曲，精彩还在后头呢！

其实，你不难发现，在你歌舞狂欢的人群中，少了那么一大拨年轻人的身影，他(她)们要不相拥依靠在旁侧的墙根下，要不站在你必经的路口上，目光游离，笑容诡秘，一副隔岸观火、居心叵测又急不可耐的模样。

你因为满腔的激情需要释放，敞开的心扉需要碰撞，你纵情歌舞，随心所欲跟着感觉走，完全忽视你眼睛看到的。直到你的队伍像遭遇猛兽突袭的鹿群四散炸开，你才知道情况不妙，慌乱中，你这只受惊的小鹿，莫名其妙地跟着出逃的鹿群，向着那个似乎潜藏着某种危险的路口奔去。恍惚间，你看见一股股白色的烟雾，在一只只挥舞着的彩色衣袖中喷薄而出，卿卿地落在你的头上、脸上、睫毛上、嘴里，你用舌头舔一舔，不是烟雾，是面粉。你是怕被面粉砸伤，还是怕被浓雾笼罩，你左躲右闪，终究还是成了一个雪人。

更"悲惨"的是，当你穿过层层迷雾，终于跑到了路口，一跨步就可以自由地飞出去的时候，却不知从哪儿突然伸出一只强有力的手，一把拽住你的尾巴，硬生生地把你拖了回去。接着又飞过来好几双手，分头扯住你的手和脚，任凭你怎么挣扎也挣脱不了。你只感觉到那些紧握住你的手突然飞出去了，跟着那些手飞起来的还有你的身体，像一枚轻飘飘的树叶，高高地掠过人们的头顶，撞向那片湛蓝的天空，而后，你又迅猛地沉沉地坠向雾气弥漫的大地，落在一片杂乱的手中，再飞起来，再落下去，再落下去，再飞起来。在这个上下飞舞的过程中，你僵硬的身体像一团棉花一样松弛下来，你紧缩的心像一片春叶一样舒展开来。

终于，你着陆了，打了几个跟跄，狼狈不堪地站在一群花花绿绿的羌族姑娘中间，站在一片阳光灿烂的笑声里，站在一曲深情委婉的离歌中：

亲爱的人啊，
跟着大山的石头走吧；
石头连着石头，
根连着根，
你永远不会迷失方向。

亲爱的人啊，
顺着河水的清波流吧；
水波连着水波，
情连着情，
你永远流不出我心田。
……

牧放童年

我们童年有一项重大任务，那就是放猪。一说起放猪，也许有人会笑，听说有放牛、放马、放羊、赶鸭子的，还没听说有放猪的。就连我身边的很多人也觉得稀奇，常拿话取笑我，仿佛那是一件十分滑稽可笑的事。我并不生气，反倒很愉快，因为那是我童年最富有最快乐也最难忘的一段时光，我喜欢经常翻出来，讲给别人听，也说给自己听。

我的老家在岷江峡谷深处的一面阳山上，三十来户人家，百十来号人，组成了一个小小的自然村落。村民们守护着祖辈开垦下来的梯田，依靠锄头、犁铧、镰刀、耙子等简单农具，以身体作资本，以牛马为帮手，种植小麦、胡豆、油菜、土豆等农作物，并饲养猪、鸡、狗、猫等家畜，过着自给自足的清苦生活。在众多的家畜中，猪作为人体与劳力所需油荤的主要补给，在每个家庭中占有十分重要的位置。因此，家家户户都喂养了好些头猪。猪的多少，便成了衡量一个家庭生活水准的最好指标。猪和人一样都是杂食动物，虽不挑食，但却是家畜中最难伺候的主，一日两餐，餐餐熟食，且胃口极大，一头猪一顿能吞下大半桶食物，要养活并追肥这么一大帮"吃白食"的家伙，是一件既费粮食又费工夫的事。虽说每家每户在秋收后便备下几千斤的土豆、麦子、胡豆、玉米面供它们享用，但往往是一年接不到头，全靠孩子们在读书、玩耍、劳动之余，扯猪草补充调剂。到了夏季农忙时，大人们早晨顾不上煮猪食，便想了个一举四得的办法，让我们这些小崽子把猪赶到村子上头的白塔坪去牧放，既节省了一顿猪食，又不浪费天然资源，还安顿了"耗油不点灯"的孩子，顺带还要砍一背柴回去复命。

每天我们吃过早饭，带了干粮，把绳索拴在腰间，弯刀别在后背，然后打开圈门，猪就像一群被监禁已久的犯人，好不容易盼到了放风时间，兴奋地哼着歌儿，争先恐后地撒腿往外跑。可是跑不出几步，它们就被路边的鲜嫩野草和田里的甜美庄稼给迷住了，呼扇着两片大耳朵，伸出长长的嘴筒，鼓动着两眼潮润的鼻孔，嘴里淌着哈喇子，晃动着短小的尾巴，"哼哼唧唧"表达着热情，一个劲儿地朝那里拱，死赖着不肯往前走。我们的目的地是白塔坪，容不得它们多嘴误事。对付它们的最好办法就是体罚，我们随手折来一根长而坚韧的枝条，狠劲敲打它们滚圆的屁股。猪的皮子很厚，且极具"忍"性，并始终践行"吃苦在前享受在后"的精神，它们居然能一边忍受剧烈的疼痛一边美滋滋地享受美食。即便是到了忍无可忍无需再忍的地步，它们也只是小跑一下，权当饭后运动，然后依然如故，为送到嘴边的美食望而止步，一瞬间就把"恶毒"的小主人和"罪恶"的鞭子忘得一干二净。

到了白塔坪，我们随手将携带的物件扔到草坪一端的石塔高处，把猪赶到草料丰足又便于照看处，便一窝蜂找"乐子"去了。那时正值暑期，村里的孩子大都聚集在那儿，至少也有二三十人。没了家长的约束，孩子又多，又处于野外，我们的游戏便越发的大胆放纵，充满了野性与浪漫的趣味。

我们最爱也最常玩的集体游戏是打草饼仗。我们由两个岁数稍大、身强力壮的头儿，用最原始的剪刀石头布，分点到其麾下，然后各据草场一方。力气小的负责用弯刀挖掘、切割草饼，力气大的负责向对方投掷攻击，直到一方投降为止。每一开仗，双方便以最快速度制造"子弹"，最猛火力相互攻击，最大声音呐喊示威，好似之间真有什么不共戴天的血海深仇。我们是不会轻易认输的，双方打累了，便叫暂停，顺便去照看一下自家的猪，回来后继续战斗。草饼柔软，打在身上多不痛，但因连带松软泥土，制造"子弹"的和"枪手"绞在一起，手忙脚乱中，泥土飞进了眼睛，弯刀尖嘴磕到手背、脚背，额头碰在一起，是常有的事。最严重的一次是制造"子弹"的时候一不留神砍到了"枪手"的虎口，长长的一道口子，皮肉外翻，流血不止，惨不忍睹。"枪手"痛得呼爹唤娘，肇事者吓得号啕大哭。第二天，那个受了刀伤的"枪手"，用围巾把"报废"了的那只手吊在胸前，挥舞另一只手继续战斗，毫不示弱，真像一个不屈不挠、英勇无敌的英雄。在我们的破坏下，草坪上的伤疤多了起来，囤积了不少雨水，这可乐坏了那些肥猪们，一有机会，便躺在里面打滚，泡在里面不出来。

白塔坪四周是茂密的松树林，林边多高挑瘦硬的旱柳。我们这些争强好胜的男孩子，常一字排开，各选一株心仪的柳树骑上，两脚悬空，面朝空旷，策"马"扬鞭，挥舞"刀枪"，嘴里"冲啊杀啊"地呐喊着，好似面前真有千军万马迎面扑来，那个兴奋劲儿，那个癫狂劲儿，真像那么回事！当然，我们的游戏是有比赛规则的，我们比的不是谁的嗓门大、劲头足、气势猛，而是看谁的"马"最坚挺、最经得起主子的疯狂折磨，看谁的驾驭能力最高强，能坚持到最后而不落马者为将军。我们的坐骑往往不听指挥，要不狠劲摇晃几下便蔫软下去，把我们一跟头倒栽下去；要不左右乱摆，把我们摔下或干脆直接抛飞出去，摔得个四脚朝天。还骑在马上的，一边嘲笑失败者，一边继续折磨柳树，直到一个接一个狼狈落马。坚持到最后的人便成为将军，当上将军的最大好处，就是可以随意调遣落马的士兵去照看自家的猪，士兵必须服从，违抗军令者将取消以后的参赛资格。游戏是孩子的天性，取消游戏资格，意味着失去快乐，孩子们是不会轻易放弃任何可以快乐的机会的。因此，得了令的士兵，双腿一并，工整地敬上一个军礼，嘴上说声"是，将军"，然后一趟子跑去照看将军的猪，又一趟子跑回来，并腿敬礼，用倒土不洋的普通话汇报："报告将军，你家的猪，在对面的山坡上好好个吃草，未发现逃跑的迹象；报告将军，你家的黑白花正和三娃家的白屁股打架，已经制服并归队了；报告将军，你家的骚公子正和春花家的黑母猪配种，打也打不散，该咋个办，请将军指示。"将军则装出一副居高临下的姿态傲慢地说："好样的，士兵，继续侦察。"士兵便又乐呵呵地跑出去看猪去了。

此外，我们也随性见缝插针玩一些常规游戏，比如斗鸡、跳绳、捉迷藏、老鹰捉小鸡、赛跑、爬树等。我们也时常把游戏对象转嫁到一些小动物身上，如捉蜜蜂，捅蚂蚁窝，用弹弓打麻雀，爬到树上去掏鸟窝，有时甚至和一些危险动物玩起把戏来0

山林里有不少比蜜蜂大三四倍毒五六倍的黄色马蜂，皆把它们精致的椭圆巢穴悬吊在松树枝极上，一律巢口向下。我们在林中活动时，一旦误入其领地，被它们发现，便总有那么几只"好战分子"围追攻击我们，吓得我们慌不择路、四散奔逃。要是不幸被它们屁股后的毒刺蛰中，被蛰的部位就会瞬间肿亮得像饱胀的气球，痛得锥心，痒得难受，不能触碰，至少要涂抹掉半斤蜂蜜，十天半月方才渐渐消去。我们大都尝过那种痛苦滋味，心有记恨，于是寻机报复它们，也满足我们寻求刺激的欲望和贪吃的嘴巴。我们选中一个马蜂窝后，便悄悄潜伏隐蔽在离它数十米开外的茂密灌木丛中，一动也不敢动，仔细观察巢口与四周马蜂活动的迹象。马蜂警惕性极高，一听到树丛里有动静，便会派出几只侦察兵，轰炸机一样轰鸣着直朝我们飞来。我们立即屏息静气、僵卧不动，听任它们在我们头顶或眼前盘旋，我们甚至能感觉出它们翅羽搅起的细微凉风，看清它们肚皮下的褐色绒毛和屁股后针头大小蠢蠢欲动的"生化武器"。在这样的紧要关头，不要说是动一下，就是多眨几下眼皮，也可能被敌人发现。有一次，一个孩子就是因为紧张，在敌人面前多眨了几下眼，被侦察兵一发命中眼皮，眼皮瞬间肿得像包子，要再下去那么一丁点，他很可能就成"独眼龙"了。侦察兵盘旋好几圈后，未发现异常，才折身飞回去复命。我们长长舒一口气，大部分留在原地继续观察敌情，只派出包装得像粽子的攻击手，试探着爬近一些，将一根长木棍头子上缠有沾满松油的布条点燃，一点一点慢慢递到蜂巢口下。巢里的马蜂虽受不了烟熏，却惧怕被明火点着，不敢出来，在里面胡乱"哭喊跌撞"，不多时，便一只只晕死掉落下来。我们静观良久，断定蜂巢里的马蜂都死光了，才敢慢慢凑过去，取下蜂巢，各扯下一片，贪婪地舔食蜂蜜。并不是每次我们都能全身而退，有时，我们正得意地享受甜美的蜂蜜，一两只看似僵死在地的马蜂，突然猛扑到我们的手上、脸上，拼尽最后一点力气把毒刺扎进我们的皮肉里；有时，正当我们胜利在望或满足而归时，恰遇一些外出觅食归来的马蜂，一见老窝被端，族群被杀，它们便会发疯一般追赶攻击我们，甚至撵到数公里以外的家中，我们关门闭户躲进屋里，它们便像那些勇敢赴死的英雄一样，把心中蓄积的仇恨连同性命攸关的"生化武器"，奋力喷射到窗户玻璃上，给我们心惊肉跳的恐吓后气绝而亡。

白塔坪草丛里经常可见一种麻绳粗细的麻子蛇，一些胆大顽皮的孩子，打死了蛇，偷偷塞进别人装干粮的挎包，当挎包的主人在一种极轻松愉快的状态下，打开包突然看见一条蛇潜伏在里面，或伸手触摸到一团冰冷光滑的东西，内心的惊愕与恐惧，不亚于白日撞见了鬼。挎包的主人顿时吓得面无人色，心惊肉跳，魂飞魄散，慌忙连挎包一块丢得远远的。这些顽皮的孩子甚至把绵软的死蛇捏在手里，四处追赶吓唬人，吓得那些胆小如鼠的女孩子惊声尖叫着四散奔逃，哇哇大哭，逗得这些"狼心狗肺、猪狗不如"的家伙在一旁哄然大笑。

　　小孩子不光贪玩，也好吃。盛夏时节，草丛里密生着拇指大小鲜红欲滴的草莓，山坡上随处可见一笼笼结满橙黄果实的沙棘树，树林里到处都是缀满青酸枣、红花果、紫乌莓的高大树丛，还有许多我现已叫不出名字的美味果实。大多时候，我们游戏累了，或嘴里的馋虫饿了，便选一处离自家的猪较近又多草莓的地方，趴着吃，躺着吃，那散漫自在享受美食的滋味，简直惬意极了！草莓味道异常鲜美，入口即化，备受我们钟爱，但它的颜色却给我们带来不少麻烦，嘴上、手上、衣服上全沾了红，很不容易洗掉，成为家长责罚我们失职的直接罪证。酸枣和沙棘的色相异常诱人，看着就让人眼馋嘴痒，却酸得出奇，我们吃不上几颗，便酸得眼泪汪汪，歪牙咧嘴，直打激灵。到了下午，因为野果吃得太多，牙齿像是变软了，吃东西时就像垫了一层棉花，喝水时牙酸得让人战栗，那感觉有说不出的难受。尽管如此，我们仍然钟爱它们！

　　到了中午，我们大多围坐在明艳的草地上或松树的浓荫下啃干饼饼下泡菜。有时，我们也突发奇想，将游戏融入其中。

　　我们最喜欢找一处密集的柳树林，将十余株柳树树梢绢结在一起，搭建一个蓬松而诗意的空中平台。到了吃午饭的时候，男孩子们便全部爬上去，斜倚或平躺在上面，一边啃着干饼饼，一边仰望着天空的浮云，身体竟不由自主地随风飘荡起来。那凌空漂浮的虚无感，真是妙不可言！有时，我们飘着飘着，便被太阳的迷魂汤灌醉，不知不觉在天上睡着了。有时，因为风速过快，我们在似醉非醉的糊涂中，感觉天地突然倾斜，身体猛然下坠，像一片风中的落叶，重重摔在地上。我们一下子清醒过来，诧异地回头看看弯腰折背、摇摆不定的柳树，然后揉着疼痛的屁股放声大笑起来。

　　最有创意的一次，白塔坪中央独独有一簇密集的柳树林，经我提议，大家齐动手，连根斩去中部的所有柳树，只留下外围一圈作围墙，并在旁侧开一道口子，立一道简易栅栏门，防猪进入。而后，我们便用砍去的柳树编制了沙发、椅子、床铺，还在中心位置钉上三根木桩，找来一块人家为盖屋顶备下的大石片盖在上面，作简易锅灶，也作餐桌。这样，一个简易的家就算建成了。到了中午，我们便在片石下生了火，把干饼子、饭盒、冷菜放在上面热着吃（饭盒、冷菜都是专为此备下的）。吃了几天热饭，大家非常兴奋，饭菜也丰富多了。吃完饭，我们便顺势躺在柔软的柳枝上，美美地睡上一觉。可是好景不长，一天中午我们照常生火热饭后，便一窝蜂跑出去玩耍，正在兴头上时，突然，只听"喙"的一声巨响，石片因受热膨胀爆裂，凌乱的碎石、碗筷的残片、可口的饭菜，沿着爆炸产生的冲击波，犹如天女散花般四散飞出，落在围墙外边的草地上。这可乐坏了那些期盼已久却无门可入的肥猪们，它们争先恐后地冲上前去，有你无我地争抢吞食起来。我们又惊又怕，却也暗自庆幸，只是再也不敢有吃热饭喝热水的奢望了，生活又退回到干饼子下泡菜的原始状态，新家也随之荒废。

中午的太阳狠毒，晒得人头昏脑涨四肢乏力，吃过午饭后，我们再无心也无力于游戏，便去把自家的猪归到林边，然后躺在树荫下安心睡大觉。我们并不担心猪在我们睡觉时跑掉。猪和我们一样，一上午精力充沛，活力四射，别看它们肥胖如球，一副不堪重负的样子，它们却极善于快速竞走，刚才还在坡上不紧不慢地吃草，一晃眼工夫便跑得没影了，经常害得我们跑断腿、气断肠寻它好几次。可是到了日上中天，它们便受不了热浪的烘烤，一个个拖着滚圆的身子，无精打采地缩进阴凉的树荫下，或淌进温热的泥水里，侧身而卧，摊开四蹄，把耳朵套在眼睛上，一动不动，呼呼大睡。它们睡觉时也和我们一样流鼻口水、打呼噜。于是，整个中午，草坪里空空荡荡，银光泛滥，树林边明暗交错，人猪混杂倒成一片，粗细不匀的"二胡"声，此起彼伏，高低不平，拉响了一曲变了调却很和谐的《高山流水》。

等我们一觉自然醒来，太阳已滚到了西山头上，燃起了绯红的晚炊。那些猪大概是肚子又空了，纷纷跑出林子啃草去了。我们不敢再游戏，还有一项硬性任务还没落实呢！要是任务未完成或完成得不好，少不了"吃面条"（挨条子）或是"吃烧饼"（挨巴掌）。我们最不喜欢"吃"这两样东西，所以赶紧把猪赶到自认为砍柴回来还见得着的地方，便匆匆钻进松树林，分头行事，爬上高高的松树去剔那干脆的枝航或搜集地上和杂树丛中的枯枝。"噼噼啪啪"的刀斧声，遥相呼应，互通信息，等声音渐渐稀少时，我们便明白伙伴们的柴已砍得差不多了，于是赶紧收刀，把砍好的柴收集在一起，用绳索捆成一束背在背上，然后慌乱地穿过越来越阴森的林子，向外面走去。

出了林子，太阳已经落山。我们赶紧卸下柴，漫山遍野搜寻自家的猪，嘴里一边"猪儿，溜溜，猪儿，溜溜"地唤着，一边敞开嗓子与远处的伙伴交换信息。猪头脑聪明，时间观念强，记性又好，识得回家的路，知道太阳落山就该回家了。但我们进山砍柴时，也总有那么一些不听话的猪，见天色已晚，乘我们不在，兴高采烈地溜下山去。它们回家倒不打紧，要紧的是村子周围全是田地，庄稼那时正处于成长的最好时期，它们之所以那么积极，全冲着那点好处——顺嘴在人家洋芋地里打一顿牙祭，害得大人之间免不了口舌之战，害得我们经常挨骂甚至挨揍。我们都有过这样的经验教训。找到自家的猪的，便悠闲地背着柴赶着猪唱着山歌，不慌不忙地走下山去；没找到猪的，便急急忙忙、骂骂咧咧地追下山去。结果可以预料，那些猪毫无疑问正在人家洋芋地里撒欢呢，见了我们，知道要挨黑打，撒腿就跑，我们追到圈里揍它们一顿，接着大人又揍我们一顿，一天的任务才算圆满结束。

现在想来，我们那时放的不只是猪，分明还有我们快乐的童年。与现在的孩子们相比，我们的童年游戏是那样的简单、落后、原始，甚至有些野蛮，但我们的童年生活却是那样的单纯快乐、无拘无束、自由散漫，充满了天然情趣和野性味道，正因为这样，才格外珍贵，越回味越有滋味！

梦断故乡情

　　我和妻儿，从岷江河畔上山，去我魂牵梦绕的老家。

　　老家就在半山腰，抬头就可以看见，从山下上去，不过两三个小时的脚程，半个小时的车程。可是，我们在弯弯拐拐的机耕道上绕了老半天，也没有要到达的迹象。是不是不熟悉山路的司机走岔了道，还是着了传说中的魔？

　　我大发雷霆，直骂司机是头猪，笨猪！

　　终于，在太阳将要落山的时候，我们到了村口。几年不见，村子完全变了样，迎接我们的是一条幽深黑暗的隧洞，出了隧洞，天光乍泄，豁然开朗，仿佛进入自然静美的世外桃源：层层梯田麦浪翻滚，宛如一池池水波荡漾的湖水；一座座古色古香的屋子，汶川地震后新修复的水磨古镇似的，错落在梯田的中央，屋顶的琉璃瓦熠熠生辉。看不到一点几年前梯田荒芜、老屋破败、溪水干枯的痕迹。那个时候的我，看着眼前的破败景象，总以为老家快走到生命的尽头，我怕再也见不到她了。

　　我兴奋地走着瞧着，身边还有很多游人，也兴奋地走着瞧着。只是令我疑惑的是，为什么我没遇见一个亲人，没有看见一处熟悉的光景，我是不是来错了地方，这究竟是不是我的老家？

　　终于，在穿梭一条林荫道时，我看见了儿时"驾驭"过的旱柳，看见熟悉的羊角花，我还看见童年的我，一手挥舞长长的藤条，驱赶着"哼哼唧唧"贪吃懒惰的猪，一手捏着一束洁白醇香的羊角花，心思像羊角花儿一样绽放。我忘情地给妻儿和身边的游人介绍，你看那柳树多柔顺，你看那羊角花多美丽，你看那小人儿多幸福，没错的，没错的，这就是我的家！

　　过了林荫道，十分意外又像是意料之中，我遇见一个小孩子，听见了我的脚步声，嗅到了我身上的猪馒味，他转身扔掉手中的藤条，屁颠屁颠地跑过来，跑着跑着，就像迎风生长的葫芦娃，跑到我近前时，已经是一个英俊潇洒的大小伙了，脸上还带着儿时我十分熟悉的笑容。

不管他怎么变，我知道他是二葱子，我的隔壁邻居，我儿时的好伙伴。唯一让我感到意外的是，他穿着一件笔挺的新制服。他兴奋地告诉我，他不放猪了，也不种地了，当上了景区的保安，他终于脱掉了农皮，领到工资了。我很替他高兴，他也很高兴，我们手拉着手唱啊跳啊。

二葱子自告奋勇充当我的导游，他说："冬生哥，我带你去逛逛，你是自家人，不要钱，免费的。"

我说："我不去逛，我要看看我家的老屋，看看我的亲人，看看我奶奶的坟。"

于是，我丢下妻儿，随他穿过崭新的街道崭新的房子，爬上一片人迹罕至的荒漠，来到村子的最高处。可是，当我回身俯瞰下面时，村子消失了，繁华消失了，游人消失了，我的妻儿消失了，就像从来就没有过一样。满坡只有石头，怪异的石头，碎裂的石头，沸腾的石头，翻滚的石头，一眼望不到边的石头。我用手捏了一把眼前的一块大石头，像风化了的腐朽物，石头碎成一包渣。

这是什么石头，我这是在哪里啊，我的老家呢，我的老屋呢，我的亲人呢，我奶奶的坟呢？

我急了，急得满头大汗，全身颤抖。

二葱子说："冬生哥，别急，你别急，我就带你去，就带你去，不远，不远！"

说完，他带我沿着石头缝溜下去，溜着溜着，石头缝渐渐变成了一条狭长的栈道，栈道一侧贴着万丈悬崖，一侧支在半空中，又细又窄，只容得一个人爬行，危险极了。栈道的下面是无边无际的海洋，幽蓝，深邃，阴冷，散发出死亡的气息，旋起彻骨的冷风，让人心，原胆战，四瞄软。

二葱子在前面缓慢爬行，我只得战战兢兢地跟在后面。

不知爬了多久，漫长得就像过了一个世纪，我终于忍不住了，问："二葱子，我的亲人呢，我的老屋呢，我奶奶的坟呢？"

二葱子没有回头，他一边爬一边说："地震了，涨水了，亲人们都冲走了，老屋还在，奶奶的坟还在，你仔细看，在下面的海水底下。"

我趴在栈道边，把脑袋伸出去，睁大眼睛仔细找啊找，找了很久很久，可是，眼前除了一片蓝得让人梦魇的海水，什么也看不见，什么也没有。

我急了，一抬头，二葱子却不见了。他是不是丢下我独自爬走了，还是掉进水里淹死了？望着眼前茫无边际的海水，陡峭阴森的悬崖，前后永无尽头的栈道，孤独的我，该怎么办，该怎么办？

我蜷缩在栈道上，唤我的亲人，唤我的妻儿，唤我的奶奶。可是回答我的只有阴冷的风，还有空谷里回荡着的我的呼喊声，还有不断上升的让人恐惧的蓝色海水。

我要被海水淹没了，我要死了，我闭着眼睛号啕大哭。

终于，终于，一只手伸过来，抓住我的衣领，将我从海水里提了起来，我得救了，我活下来了。我欣慰地睁开眼睛，却看见了另一张熟悉的脸——妻子的脸。不是二葱子救了我，是妻子救了我。

我恍恍惚惚听见她在急迫地问我："你是不是做噩梦了，你是不是做噩梦了？"

我没有应答，而是匆忙绕开那张脸，四处打望，没有疯涨的海水，没有狭窄的栈道，没有恐怖的悬崖。只有刺眼的阳光伸进窗户，落在我的床上。

原来我是躺在自己的家里。我松了一口气，用手一摸，枕巾潮透了。

我突然想起孙犁在《老家》里说的一句话："人对故乡，感情是难以割舍的，而且会越来越萦绕在意识的深处，形成不断的梦境。"

我想我是想老家了，不然，我怎会做这样的梦呢！只是，我的老家因为地震，房子破了，溪水断流了，土地干枯了，不能住人了，已经集体搬到山下去了，村子已废弃两年多了。二葱子也因车祸死了好几年了。

唉，不管是梦里还是梦外，我的回乡之路，注定是一场空。

我长叹一声，泪水又流了下来。

汶川的两个黄昏

他像一块失重的石头，突然从高空坠落，来不及思想，来不及调整姿势，便重重跌在一堆棱角分明的破砖烂瓦中，失去了知觉。

不知过了多久，他突然被一声撕心裂肺的哭喊，和一滴企图进入他身体的泪珠唤醒。他拼命挣扎着想爬起来，可一用力，手脚全不听使唤，我的手呢，我的脚呢？

60 岁的他号啕大哭，像一个襁褓中的婴儿……

就在那年秋天的一个黄昏，在汶川，我见到了这个在灾后拆迁中不慎从楼上坠落的人，我的二爸。那时，大片大片的乌云，黑压压地盘踞在残破的荒山和颓废的山城上，天地混沌，满目疮痍。我沿着破烂的街道，找寻了许久，终于在三岔路口旁，找到了那个传说的卫生院。那是一个狭小的四合院，病房里，走廊上，甚至墙吾角，全挤满了人。我绕过许多疼痛的表情，在走廊尽头一间逼窄的储物室里，见到了他。

他静静地躺在一堆锈迹斑斑的医疗器械中间，面容枯瘦，额骨高突，目光呆滞，左手的两处和左腿的三处骨折，被冰冷的钢板和厚厚的纱布裹挟，左腿两侧，支着几块用油布包裹的小青砖，脚下还牵引着一块沉重的铁。昏暗的光线，从后墙脸盆大的一眼窗洞溜进来，敷在破旧的物什和他的身上，散发出一种与死亡息息相关的阴冷气息。

二爸见我，努力挣扎着想抬身迎我，不成，便冷幽幽地长叹一声，说："冬儿啊，二爸怕是逃不过这一劫了。"话未说完，眼泪便顺着皮肤的褶皱，弯弯扭扭地滑落下来。

我跪在床边，一只手抹着他的眼泪，一只手紧紧握住他伸向我的右手，泣不成声，眼泪直流，一句话也说不出来。旋舞的秋风，打着呼哨，从那眼窗洞中猛灌进来，穿透我的肌肤，直吹得我脊背发凉，心冷如冰。我可怜的二爸，他能逃过死亡的追逐，他能再次站起来吗？我不知道，只有老天知道。

2010 年 5 月的一天，当我赶到汶川参加名家看汶川笔会时，也是一个黄昏。

汶川变化之大之快之新，远远超出了我的想象。我独自一人，披着霞光，悠然漫步于绿树、鲜花、青草、片石精心编织的滨河路上。

突然，一个熟悉的背影闯入我的视线，我忘乎所以地朝那个背影追去，边追边大喊：二爸，二爸。那个背影像是听到了我的叫喊，驻足回头张望，没错，果真是二爸。

二爸愣了一下，大踏步向我走来，惊喜地说："冬儿，你咋来汶川了？"

我气喘吁吁地跑到二爸近前，顾不得答话，惊奇地上下打量着二爸的手脚。

上次那个秋天，我离开二爸后，从电话里得知，二爸在我走后不久也回了老家，命倒是保住了，就是骨头久不见好，行动不便，一直卧床休养。我不无悲哀地想，二爸余生怕是要和轮椅相依为命了。我的头脑不断复制一个场景：一个小老头和一把轮椅，静止在昏黄的夕阳下，身后，拖着怪异的暗影。

就像生活充满变数和转折一样，当骨折的二爸突然以 720 度的大转折，复归本位，突然直立在我面前时，我的头脑竟一时转不过弯来，反复审视二爸发生奇异转折的手脚，就像一个思想短路的傻子。

二爸一边向我展示他灵活的手脚，一边遗憾地说："我是来汶川复查的，手脚倒好了，就是左腿短了一点，走路一瘸一拐的，像个不会走路的鸭子。"说完还夸张地模仿了一下鸭子走路的姿势。笑得我眼泪都出来了。

不容我挽留，二爸便匆匆离去。看着他瘦小而坚毅的身影，渐渐消失在绯红的夕阳中，我百感交集，热泪盈眶。

我突然领悟，我在汶川的两个不同黄昏里，看到的不过是黄昏的两面，一个人的两副面孔。他就像一个时钟，不管钟摆怎样左右摇摆，他的根一直就牢牢地站在原地，并支撑他的生命跨越死亡走向重生。

身体里的神

"哇，冬生啊，长这么胖了，你小时瘦得像火柴棍，一把都捏得死，我还担心你活不下去呢！"有好些年没见过我的熟人，商量好了似的，见面就给我来上这样一句问候。那模样，像真看到青蛙变王子的奇迹了。

我胖吗？一米七五的个子，一百二十来斤，脸上没一片赘肉，身上没有一片丘陵，这就叫胖？我老婆还一天牙痛般呻吟："你嘛少熬点夜，多喝点牛奶，不然，一股风都吹得走。"

我明白，他们的结论是通过"小我"和"大我"的对比得来的。最重要的是，我现在很有精神——身体里充满活力。

小时的我，因为断奶缺营养，身体极瘦且多病，像一个缺少阳光又遭受石头挤压的豆芽。山里的野孩子，嘴粗胃糙，只要能吃的就往嘴里塞，只要能喝的就往肚里灌。同伴们趴着喝山泉水或牛蹄印里滞留的雨水，屁事没有。而我一喝山泉水，特别是那牛蹄印里的雨水，肚子就会叽里咕噜地大闹意见，甚至会出现头脑眩晕的不良反应挪时我不懂，逢人便说，我的肚子真灵，能辨别水的好坏，并以此为傲，好似自己具有特异功能。其实那是我身体免疫力和抵抗力极差的表现。父亲和亲友们怕我有什么闪失，从不让我干重活，也不让我与村里的小伙伴们去跑山挖药。伙伴们也很少和我玩一些过火的游戏。我整天软绵绵地跟在他们屁股后面转悠，像一条跟不上节拍的小狗。不熟悉我和弟弟的人，总会叫白胖胖的弟弟为老大，而瘦筋筋的我是老二，尽管我比弟弟大两岁多。我中学毕业，瘦小得还像一个五年级的小学生，公共汽车售票员对收我半票的"事实"，毫不怀疑。即便是我读了中专，骨头猛然加长，肉却没长几斤，身体越发的奇棱怪状。我爬上凳子踮起脚换电灯泡，一不小心，竟然还会闪腰或抽筋。夜半常被腿痉挛折磨得真想扒开皮肉抽去那根上了闹钟的筋。我最怕上体育课和体能考试，因为多半不及格。

　　身体的不良发展，导致了我内心的畸形，特别是我到了明白事理、情窦初开的青春年纪。我突然明白健康的身体，是我今后生活和爱情的支柱，需要一个强壮肩膀依靠的女孩子，怎会把她可爱的脑袋及未来的幸福嫁接在一根枯瘦的干枝上。我就是全校最承受不起生活和爱情重量的人。排倒数第二的那个比我矮小的男孩子，身体虽和我一样干瘪，但他凭脸上两坨稍微隆起的肉包，耍到了一个女朋友。这让我既嫉妒又自卑。我恨透了我那不争气的身体，埋怨老天赐给我一副有名无"实"的皮囊。我的心活在一副虚弱的身体里，像一个寄生虫，随时准备逃离附体，另开炉灶，但这等于痴心妄想！

　　在极度颓废和反复权衡过后，我逐渐清醒：我还年轻，我的未来不是梦，我必须改变身体的颓势，做一个具有掌控自己身体和命运的人。那时，学校里的不少学生时兴晨跑，我也爬起来跑，而且比他们任何人都起得早。可是，不管我怎样拼命奔跑，哪怕我跑过了风，却跑不出大块肌肉，跑不出挺直的腰板。每次长跑回学校，我都要爬到教学楼楼梯拐角的仪表镜前，就着灰暗的灯光，赤裸上身，仔细检查每块肌肉的发展变化。可是，我每次看到的都是那张消瘦得像骷髅上蒙了一层纱布的丑脸，尖瘦的下巴和爆出的牙齿，像是不平脸部的平庸，故意七拱八翘起来，以显示它们的存在。而我猿人般宽大坚硬的额头，总是悬起一座危岩。我身体两侧的肋骨，像钢琴上突兀的黑色掘键，划拉一下，就会揍出音乐来。我沮丧极了，捶胸顿足，或是站在灰暗灯光下，望着灰暗的夜空，心如死灰。

　　到了中专二年级，正当身体的噩梦将我的心推向无法自拔的泥坑时，我看见了我的救星——十字街口报亭里的一本《健美杂志》。我像是十年没见过草原的野马，企图一夜啃光所有的青草，一天之内以80码的速度，在宽阔的草原上跑十个来回。我最羡慕的自然是那些美国中国健美冠军发达得像千年树妖盘根错节的结疤一样的肌肉。好在这本杂志不光在展览肌肉刺激我望梅止渴的同时，还信誓旦旦、尊尊诱导像我这样具有"魔鬼"身体的人，去尝试一种促使肌肉发达的艰辛道路。我动心了，每天晚自习后，独自跑到学校偏僻的后南沟，抱着试试看的心态，按照书上教授的简单办法，在简易的体育设施上，自我"摧残"。通过镜子反馈的信息，我发现我的肌肉一天天由绵软到坚硬到臃肿。我欣喜如狂，信心倍增。于是我不断给自己的身体施压,俯卧撑由一次十个到二三十个,引体向上一次由二十个升到五十个。我的腹肌由三块五块到八块,我的肱二头肌开始和我的大腿比拼大小,我的腰板因胸肌的发达开始挺直坚硬。苦苦坚持了一年以后,我的肌肉竟出乎意料地发达,体重也增至一百四十来斤,饭量倍增,活力四射,完全像变了一个人。在寒冬腊月,我只穿一件短袖也不觉得冷。我从一米高直接摔到水泥地上,竟然一点不痛。以前那些带着怜悯眼光看我的女孩子,像吃错了药,目光里突然冒出了艳羡和渴望。我因身体的强健,逐渐抹灭了自卑的淤痕。我成了学校的传奇,还撩起室友的健身欲望,意外拉出了一支健身队伍。每天晚自习后,我和室友们冲上后南沟,轰轰烈烈地展开训练。那时,我竟能在三十分钟内,保质保量完成200个俯卧撑,100个引体向上,在天梯上倒挂金钩完成100个仰卧起坐,还能驮着同寝室一个重达150斤的胖子做50个下蹲运动。尽管运动后大汗淋漓,身体绵软,但那种来自身体内部酸软又坚硬的滋味无法言喻。而后,我们只穿一个裤衩,即便是大冬天,劈头盖脸冲一回冷水澡,对着镜子比肌肉,摆造型,得意地笑。或是相互使劲击打对方的肱二头肌,以验证和显示自己的强壮。我不再惧怕体育课和体能考试,我战胜了自己身体和内心的魔鬼,大大超出了做T正常人的愿望,成为一个真正的强者。

尽管现在,因忙于工作和生活,疏于锻炼,我身体大不如学校那般强悍了,肌肉像泄气的气球垮掉了,但那段不凡的经历,奠定了我身体乃至人生的基础,使我获得了竞争的身体资本和自信能量。这让我明白,这个世界没有改变不了的事情,只要肯努力一切皆有可能。我还明白,其实,我们身体里一直住着一个鬼和一个神,要是我们击垮了那个鬼,我们身体里的神就会获得解放,释放出你难以想象的能量。

只是,我们身体里的神,需要勇气、力量、坚韧去喂饱它。

肖申克的救赎

《肖申克的救赎》，是一部电影。

故事讲的是一位银行家安迪，因为巧合，被指控谋杀妻子和妻子的情人，判无期徒刑，含冤入狱，被关禁在肖申克监狱残度余生。但安迪并未就此放弃希望，而是忍受着监狱暴力和无限孤独，以难以想象的韧性和毅力，每天晚上用一把雕饰石头的小锤，挖凿别人认为几百年也挖不穿的墙壁。终于在19年后，他奇迹般地在墙壁上凿出一个窟窿，人不知鬼不觉地成功出逃，重获新生。

《肖申克的救赎》，不同于一般的越狱影片，它通过这样一个极端的故事，给我们讲了一个关乎"生之希望"的大道理。那就是不管在任何时候，任何环境，都不要放弃希望，都不要忘记自我救赎。哪怕，希望像幻影一样渺茫，像星星一样遥不可及。

如若我们把肖申克监狱的围墙拆了，把典狱长和狱卒们丑陋的脸孔普遍化了，把安迪和他的狱友们的"众生相"世俗化了，你会发现，其实在我们的世界里，在我们的生活中，甚至在我们的心灵周围，处处都有围墙，坚硬的，柔软的，看得见的，看不见的，禁止的，运动的。有围墙，则有典狱长，则有狱卒，则有囚犯。这是这个世界固有的管理模式。不管你是典狱长，狱卒，还是囚犯，你都必然会面对一些墙，你都会在特定的墙里生活。我们不分彼此，都是生活的囚徒，在时间与空间、生存与死亡构筑的大监狱里，艰难求生。

监狱生活充满了一段又一段的例行公事。

我们的生活何尝不是如此呢！我们日出而作，日落而息，沿着时间坚硬的轨道，在各种各样的墙壁中，日复一日，年复一年，重复着可以果腹却不一定欢喜的工作，延续着疲惫的生命，忍受着自上而下的禁锢，和自下而上的磨难。

这些墙很有趣。刚入狱的时候，你痛恨周围的高墙；慢慢地，你习惯了生活在其中；最终你会发现自己不得不依靠它而生存。

是啊，我们从最初的牢骚满腹、无奈反抗到最后的麻木不仁、逆来顺受，最后，我们适应了那些"墙"，并学会依托那些"墙"，续建、改造、再建一些"墙"，然后选择自以为最安全的角落，懵懵懂懂地生活下去，悄无声息地漠然死去。

我们都是"墙"的寄生虫，在桎梏中渐渐褪去了灵魂本色，丧失了美好的希冀，甚至放弃了自己，心安理得，麻木不仁，或自哀自怨地虚度此生。

每个人都是自己的上帝。如果你自己都放弃自己了，还有谁会救你？每个人都在忙，有的忙着生，有的忙着死。忙着追名逐利的你，忙着柴米油盐的你，停下来想一秒：你的大脑，是不是已经被体制化了？你的上帝在哪里？

我们中的很多人，包括我自己，不就是在追名逐利、柴米油盐中逐渐丧失了自己，失去了希望，在众多"墙"的包围中，在"墙"的秩序中，体制化了。我们不再是我们自己，我们是"墙"的一部分，随着"墙"的延展而伸张，随着"墙"的紧逼而收缩。

但安迪不是，安迪即便是含冤到了毫无未来、毫无希望的肖申克监狱，他依然没有放弃希望，他安然地在监狱的院坝里散步，那悠闲的神态，就像在自家的后花园。

他奋力反抗一帮猪狗不如的禽兽的侮辱折磨，捍卫自己活人的尊严。

他借口雕刻棋子，托瑞德买来一把小铁锤，借助美女海报的掩饰，每晚在墙壁上凿洞。

因为安迪坚信：

有些鸟注定是不会被关在笼子里的，因为它们的每一片羽毛都闪耀着自由的光辉。希望是美好的事物，也许是世上最美好的事物，美好的事物从不消逝。

他还说：

不要忘了，这个世界穿透一切高墙的东西，它就在我们的内心深处，他们无法达到，也接触不到，那就是希望。

19年后，安迪终于凿开了一条希望的通道，终于成功逃脱肖申克监狱，获得了自由，希望，新生。而对于他的狱友老布来说，长久的监禁生活，不光使他的肉体麻木，也使他的灵魂死去，他早就放弃了希望，在他看来希望只能让自己更痛苦，甚至认为希望便是痛苦的根源。

最终，衰老不堪的老布在获得假释出狱后，却因离不开高墙，无法适应外界充满希望的生活，在暂时居所的墙壁上写下"老布到此一游"，悬梁自尽，在痛苦中终结。

懦怯囚禁人的灵魂，希望可以令你感受自由。强者自救，圣者渡人。

毫无疑问，安迪是一个强者，更是一个圣人。他在自我救赎的过程中，从未放弃对狱友的救赎。

他以他的乐观影响周围的人。

他为狱警偷税，只为狱友换来几瓶啤酒，是想激活他们内心久违的希望。

他持之以恒每周一次甚至两次给州政府写信，为监狱筹建图书室，改善监狱环境，为监狱带来生机。

他辅导监狱里的年轻人，为他们获得学历文凭，激发并保持他们的希望。

但是，有希望，不等于就有了新生，希望伴随着痛苦。痛苦和希望，是一对孪生姊妹。一般人是很难从痛苦的泥沼中拔出双脚来，老布就是因为无法适应希望，最后选择了自杀。

而瑞德，在被数次回绝后终于得来的假释面前，经历了与老布相似的心路历程，最后在安迪"嘱托"的牵引下，一步步走出监狱的围墙，心中的围墙，踏上与安迪相会的路上。

我发现自己是如此的激动，以至于不能安坐或思考。我想只有那些重获自由即将踏上新征程的人们，才能感受到这种即将揭开未来神秘面纱的激动心情。我希望跨越边境，与朋友相见握手。我希望太平洋的海水如同梦中一样的蓝。我希望。

一连几个"希望"，道出了瑞德容光焕发的心，也激活了多少丧失希望的灵魂。

终于，安迪和瑞德两个患难与共的朋友，在蔚蓝的、辽阔的、深邃的、自由的海边紧紧相拥在一起。那是多么美好的事啊！

到此，我们恍然彻悟，此部影片为什么叫肖申克的救赎，而不叫安迪的救赎。

那是因为，在现实生活中，我们每个人都是自己的上帝，我们每个人都需要自我救赎，更需要相互救赎。